R
v

J. O. Morgan

DER APPARAT

Roman

Aus dem Englischen von Jan Schönherr

ROWOHLT

Die Übersetzung wurde vom Publishing Scotland Translation Fund gefördert.

Publishing Scotland
Foillseachadh Alba

2. Auflage September 2023

Die Originalausgabe erschien 2022 unter dem Titel «Appliance» bei Jonathan Cape, London.

Deutsche Erstausgabe
Veröffentlicht im Rowohlt Verlag, Hamburg, Juli 2023

Innengestaltung Daniel Sauthoff
Satz Adobe Caslon Pro bei Pinkuin Satz und Datentechnik, Berlin
Druck und Bindung GGP Media GmbH, Pößneck
ISBN 978-3-498-00302-9

Die Verlage haben sich zu einer nachhaltigen Buchproduktion verpflichtet. Gemeinsam mit unseren Partnern und Lieferanten setzen wir uns für eine klimaneutrale Buchproduktion ein, die den Erwerb von Klimazertifikaten zur Kompensation des CO_2-Ausstoßes einschließt.
www.klimaneutralerverlag.de

FSC www.fsc.org
MIX
Papier | Fördert gute Waldnutzung
FSC® C014496

Und dies ist der Anfang ihres Tuns; nun wird ihnen
nichts mehr verwehrt werden können von allem,
was sie sich vorgenommen haben zu tun.

GENESIS 11,6

Durch einen Mechanismus verschwindet das Bankett.

SHAKESPEARE, DER STURM
(3. AUFZUG, 3. SZENE)

1.
BRINGEN SIE'S REIN

Der Apparat sah fast exakt so aus wie ein großer grauer Kühlschrank, so ein imposantes ausländisches Modell mit einer großen Tür unten und einer kleineren darüber, beide wie ein Autodach gewölbt und mit je einem langen Chromgriff ausgestattet; bloß war der untere Griff mit einem schweren Schloss gesichert, und an den oberen durfte man nur greifen, wenn das grüne Licht aufleuchtete. Im Unterschied zu einem Kühlschrank saßen nämlich auf der glänzenden Oberseite des Apparats drei kleine verschiedenfarbige Glühlampen; und die wuchtige, an der Seite angeschraubte Steuerungseinheit mit Kaltkathodendisplay und gummiertem Tastenfeld war auch kein Thermostat.

Eines Freitagabends kamen vier gut gekleidete Männer vom Institut vorbei, um dieses Gerät kippelnd, schiebend und stützend aus einem alten blauen Lieferwagen zu wuchten, auf einem Transportroller über den Gartenweg zu schieben und dann durch Mr Pearsons Haustür zu bugsieren.

Diese diffizile Aufgabe erfüllten sie mit größter Sorgfalt und in aller Ruhe. Mehrfach maßen sie das gusseiserne Gartentor aus und banden es schließlich mit einer Schnur zurück. Sie suchten den groben Asphalt des Gartenwegs nach Rissen und Dellen ab. Legten lange Bretter über die Stufen vor der Haustür. Wischten sich den Schweiß mit Stofftaschentüchern von den Händen. Dann packten sie den großen grauen Kasten ganz fest zu viert, um ihn ins Haus zu rollen, als wäre ein Sturz, bei dem er auch nur die kleinste Macke abbekäme, eine Katastrophe von apokalyptischem Ausmaß.

Mr Pearson hielt sich aus alldem heraus, räumte bloß einige potenzielle Hindernisse aus dem Flur, während er seiner Frau erklärte, dass man ihn sehr wohl um seine Erlaubnis gebeten habe, er sehr wohl wisse, was auf sie beide zukomme, und er ihr die Einzelheiten noch in Ruhe auseinandersetzen würde, sobald das Gerät ordnungsgemäß angeschlossen sei.

Mr Pearson arbeitete nicht in derselben Abteilung wie die vier Männer. Mr Pearson war eigens auserkoren worden. Mr Pearson und seiner Frau wurde die Maschine, dieser Prototyp, für ein paar Tage anvertraut, um damit eine Reihe basaler Tests durchzuführen. Mr Pearson hatte detaillierte Anweisungen erhalten. Außerdem wohnte Mr Pearson, im Unterschied zu vielen seiner Kollegen, einigermaßen nah am Institut, und das hatte wohl den letzten Ausschlag gegeben.

Das Gerät wurde in der Küche abgestellt. Ein selbstverständlicher Platz dafür drängte sich nicht auf, weshalb es nun sperrig mitten im Raum aufragte. Wandbündig konnte man es nicht platzieren, einerseits wegen des steifen Kabels an der Rückseite, andererseits weil man es – zumindest in der Testphase – für geboten hielt, es allseitig zugänglich zu halten. Das eigenartige Kabel war dick wie ein Babyarm und ummantelt mit weichem braunem Gummi. Am Gerät war es mit einem starren Kunststoffkragen befestigt, von dem aus es sich durch die Küche, den Flur und den Briefschlitz an der Haustür schlängelte.

Nachdem sie sich vom stabilen Stand der Maschine überzeugt und das dünne Stromkabel in die nächstliegende Dose gesteckt hatten, zogen die vier Männer ab und ließen Mr und Mrs Pearson mit dem Neuzugang im Küchenmobiliar allein zurück.

Oben auf dem Apparat glomm ein bernsteinfarbenes Licht. Mr Pearson wusste zwar nicht recht, was das bedeutete, stand aber trotzdem mit den Händen in den Hosentaschen da und strahlte die Maschine an. Mrs Pearson stand mit verschränkten Armen hinter ihm und strahlte nicht.

Nach einer Weile ergriff sie das Wort. «Und was, wenn wir mal aus dem Haus müssen?»

«Hmm?» Mr Pearson ließ den Apparat nicht aus den Augen.

«Und ziehen wird es auch wie Hechtsuppe, wenn der Briefschlitz die ganze Nacht aufsteht.»

Langsam und noch immer strahlend trat Mr Pearson einen Schritt zurück und setzte sich.

«Wenn dieses Ding tut, was es soll –» Er ermahnte das

klobige Gerät mit erhobenem Zeigefinger. «Huiuiui … Meine Herren … Das wird was. Das wird wirklich was.»

Mrs Pearson seufzte und nahm neben ihrem Mann Platz.

«Du hast gar nicht erzählt, dass die an so was tüfteln.»

«Ich wusste es ja selber nicht. Niemand wusste das. Jedenfalls nicht wir in der Personalabteilung. Ist aber ganz normal. Wirklich genau wissen wir immer nur, dass wir nie genau wissen, woran die arbeiten. Und wenn wir es zufällig doch mal mitkriegen, müssen wir schwören, mit niemandem darüber zu sprechen. Ich musste extra ein Formular unterschreiben, um das zu versprechen.»

«So, so.» Mrs Pearson blickte Richtung Küchenfenster. «Aber ich hab denen nichts dergleichen versprochen. Und was soll ich jetzt sagen, wenn die Leute nach dem hässlichen Kabel fragen, das aus unserer Haustür ragt? Die fragen nämlich garantiert! Das Ding läuft ja direkt am Gartenweg entlang. Und danach, wie weit noch? Wahrscheinlich ja wohl bis zum Institut. Locker vier-, fünfhundert Meter. Die Leute werden sich ganz schön das Maul zerreißen, wenn sie das Kabel sehen. Und ich bin keine Lügnerin. Dafür hab ich keine Zeit. Wenn also einer fragt –»

Mr Pearson kam wieder auf die Füße, erneut die Hände in den Taschen. Gemächlich ging er rings um die Maschine, inspizierte sie aus jeder Perspektive.

«Das haben die bestimmt bedacht. Alles geregelt.» Er ging in die Hocke und beäugte den Anschluss. Schon streckte er die Hand aus, um sich zu überzeugen, dass alles fest verkoppelt war, besann sich aber doch noch rechtzeitig und zuckte zurück. «Die haben das sicher irgendwo angemeldet. Mit allen nötigen Stellen gesprochen.» Mit der freien Hand winkte er ab, dann schob er sie wieder in die Tasche. «Warnschilder werden sie aufgestellt haben. Berühren verboten! Lebensgefahr! Empfindliche Bußgelder! Mach dir mal keine Sorgen. Ich wette, es fragt nicht mal jemand.»

Nach abgeschlossenem Rundgang setzte Mr Pearson sich wieder zu seiner Frau. Gerade wollte er mit den Beteuerungen fortfahren, als sich etwas veränderte. Das bernsteinfarbene Licht ging aus. Und einen Augenblick später ging ein rotes Licht an.

Mr Pearson sprang auf, die Knöchel seiner Faust vor den geschürzten Lippen. Langsam erhob sich auch seine Frau und trat neben ihn.

Eine Weile rührten sie sich beide nicht, und nichts weiter geschah mit der Maschine. Kein Geräusch, kein Warnsignal, nur der träge Übergang von einem Leuchtsignal zum anderen, dessen sanftes rotes Licht nun auf ihren gespannten Mienen schimmerte.

Nach einer Weile ließ Mrs Pearson die Schultern sinken.

«Meinst du, das war schon alles?»

«Sssch!» Ihr Gatte machte eine brüske Geste.

Mrs Pearson senkte die Stimme zum Flüstern. «Ich meinte, ob du glaubst, dass was angekommen ist. Glaubst du, was immer da drin ist, muss erst noch … verarbeitet werden oder so?»

«Was? Nein. Es, ähm … Ich weiß nicht.» Aus der Innentasche seines Sakkos zog Mr Pearson ein paar gefaltete graue Unterlagen hervor, die man am Nachmittag für ihn getippt hatte, unter Verwendung sowohl schwarzen als auch roten Farbbands. Mit dem Zeigefinger strich er nun über diese Instruktionen. «Ah.» Er tippte auf die Seiten. «Es ist verriegelt.» Noch einmal las er die betreffende Zeile. «Genau. Das rote Licht heißt, es ist verriegelt. Das ist alles.» Er las weiter. Nickte. «Genau. Vollautomatisch geht das. Vermutlich machen die irgendwas am anderen Ende der Leitung. Wir tun einfach … gar nichts. Genau. Fürs Erste … warten wir nur ab.» Er blickte wieder auf und lächelte.

Mrs Pearson ließ ein müdes kleines Ächzen fahren und zog sich ans Spülbecken zurück. «Also ich verschwende damit sicher nicht noch mehr kostbare Zeit. Schließlich ist das *deine* Arbeit. Gut, vielleicht nicht deine *Arbeit*, aber deine Verantwortung. Also wirst wohl du –» Sie nahm einen großen Topf aus dem Regal und füllte ihn mit Wasser. «Kriegst du dafür eigentlich eine Zulage? Das will ich aber doch schwer hoffen! Für uns beide, meine ich. Für unsere Unannehmlichkeiten. Das ganze Wochenende, haben die gesagt! Und wenn wir jetzt Gäste hätten? Interessiert die wohl gar nicht, hm? Und erzähl mir jetzt nichts von wegen Privileg. Wenn das zum Job gehört, gehört es auch bezahlt. Und was kann dabei überhaupt alles passieren? Versuchskaninchen sind wir, weiter nichts! Haben die denn wenigstens *versucht*, dir zu versichern, das sei alles völlig –»

Mrs Pearson ließ den schweren Topf fallen. Dumpf krachte er ins Spülbecken. Das Wasser schwappte ihr über die Schürze und platschte auf den Fußboden.

Reflexartig hatte sie die Hände hochgerissen, um sich die Ohren zuzuhalten. Doch das Geräusch, das sie dazu veranlasst hatte, war schon wieder verstummt. Nur das kalte Sprudeln aus dem Wasserhahn war noch zu hören.

Mrs Pearsons Mund stand sperrangelweit auf, bereit zu einem Schrei. Ihre Augen waren winzig klein gekniffen, in Erwartung dessen, was da kommen mochte.

Aber es kam gar nichts.

Als sie sich umdrehte, sah sie, dass auch ihr Mann sich beide Ohren zuhielt und sich krümmte, als wolle er sich an sich selbst festklammern.

Das Geräusch hielt nicht lang an, kaum mehr als einen Augenblick, und verstummte so schlagartig, wie es erschallt war. Trotz der Lautstärke tat es nicht direkt weh in den Ohren, war aber doch höchst unerfreulich. Als zerkratzte und zerfetzte irgendwer mit Stahlklauen die Luft – als risse sie mit orkangleicher Gewalt auf und schnappte gleich darauf genauso kräftig wieder zu.

Mrs Pearson musste sich fast übergeben. Sie nahm an, ihrem Gatten erging es nicht anders, auch wenn der das niemals zugegeben hätte. Doch in der neuen Stille ließ die Übelkeit rasch nach. Schon hatte Mr Pearson sich aufgerichtet und die zitternden Hände wieder in den Taschen verstaut. Er warf seiner Frau einen tapferen wissenden Blick zu, wie um zu sagen: «Siehst du?» So als hätten all seine Erwartungen sich voll und ganz bestätigt. Aber

Mrs Pearson merkte, wie er hinter dem dünnen Lächeln das Gesicht verzog, insgeheim sicher schon bange vor der nächsten Unbill.

Dann erlosch blinkend die rote Birne, ihr Nachglanz verblasste, und nach einer winzig kleinen Pause, so als überprüfte sich das Gerät vor dem nächsten Schritt noch schnell ein letztes Mal selbst, leuchtete das grüne Licht auf.

Argwöhnisch nahm Mrs Pearson die Hände von den Ohren. Sie tastete nach dem Wasserhahn und drehte ihn zu, bevor sie wieder neben ihren Mann trat.

«Glaubst du, das heißt …» Mit leicht gekrümmten Schultern stand sie da und trocknete die Finger an der Schürze ab.

Mr Pearson hatte wieder seine lässige Pose eingenommen und entspannte sich allmählich, auch wenn die Luft ihm noch im Hals feststeckte und er zur Antwort nur ein paarmal nicken konnte.

«Und jetzt? Wie –» Misstrauisch beäugte Mrs Pearson die Maschine. «Woher sollen wir's … wissen? Also sicher, meine ich?»

Mr Pearson glotzte das Gerät an, öffnete und schloss fischgleich den Mund. Dann zückte er erneut die Unterlagen und konsultierte sie beflissen. Noch immer zitterten ihm die Hände. Er trat einen Schritt nach vorn. Warf noch einmal einen Blick in die Papiere und legte dann die Hand an den oberen der beiden Griffe. Der gab seinem Ziehen sofort nach, und mit leisem Schlossklicken und dem Schmatzen eines sich lösenden Plastikwulsts öffnete sich die obere Tür und schwang leichtgängig nach außen auf.

Das Fach dahinter war viel kleiner als erwartet. Auch dieser Teil war fast so massiv und so grau wie der Rest des Apparats – nur in der Mitte fand sich eine kleine Aussparung, kaum groß genug für einen Eierkarton. Dieser Hohlraum war gewölbt und an den Seiten dicht gespickt mit etwas, das aussah wie zahllose winzige Glühbirnchen. Sie bestanden aus durchsichtigem Glas, enthielten aber augenscheinlich keinen Glühdraht, sondern nur ein dunkles Zentrum; wie tausend Fischaugen mit großen, weich umränderten Pupillen oder eine Wand aus gefrorenem Froschlaich.

Auch die Tür barg auf der Innenseite ein gewölbtes Feld aus Birnen, das sich, wenn man das Gerät schloss, wieder über den Hohlraum legen und die Kugel komplettieren würde. Jetzt aber stand der Hohlraum offen. Die Birnen lagen still und dunkel da. Und auf den Birnen, exakt in der Mitte, lag ein kleiner weißer Plastiklöffel.

Er sah aus wie einer von der Sorte, die Mr Pearson täglich in der Hand hatte, wenn er in der Institutskantine zu Mittag aß. Schon wollte er danach greifen.

«Nicht!» Seine Frau schlug ihm die ausgestreckte Hand zur Seite. «Der ist doch sicher heiß oder steht unter Strom oder … irgendwas! Du weißt es nicht!»

Mr Pearson konsultierte sorgsam seine Unterlagen und schüttelte den Kopf. Er griff in die Kammer. Berührte den Löffel. Der Löffel bewegte sich, kratzte leise quietschend übers zarte Glas der Birnen. Mr Pearson nahm ihn in die Hand. Betrachtete ihn voller Staunen. Hielt ihn seiner Frau hin, die sich vorbeugte, um sich davon zu überzeugen, dass es sich tatsächlich um einen kleinen weißen Plastiklöffel handelte. Mr Pearson drehte ihn herum. Strich den Daumen durch die Laffe. Betastete den rauen Rand des geformten Plastiks. Dann legte er ihn vorsichtig, ehrfürchtig zurück in den glasäugigen Hohlraum der Maschine und wollte die Tür wieder schließen.

«Werden die nicht noch was anderes schicken? Sollten wir den nicht behalten, damit nichts, na, du weißt schon, durcheinanderkommt?»

«Nein.» Mr Pearson sprach ganz leise, flüsterte beinahe. «Nein, so funktioniert das nicht. Nicht mal annähernd. Jetzt dürfen wir –» Er schloss behutsam die Tür, und die Birnen fügten sich leise knirschend wieder ineinander. «Jetzt schicken wir ihn zurück.»

Leicht gebückt und seine Unterlagen fest umklammert, tapste er an die Seite der Maschine und tippte mit stocksteifem, zielstrebigem Finger bedächtig auf das Tastenfeld ein.

«Und du weißt wirklich, wie das geht? Bist du ganz sicher?»

Mr Pearson schwieg, konzentrierte sich voll auf seine Aufgabe. Sein Blick huschte hin und her zwischen dem schmalen Display und den getippten Instruktionen. Stumm die Lippen mitbewegend, prüfte er die Zahlen noch mal nach. Er zögerte, einen Finger bereits sendebereit über dem Knopf. War das nicht doch alles viel zu simpel, viel zu unkompliziert? Er grinste. Aber na klar! Das war ja gerade der Witz! Der einzige Grund, dass man ihm überhaupt die Gelegenheit gab, so ein Gerät zu testen, bei sich zu Hause, völlig ohne Aufsicht. Er drückte den Knopf und trat zurück. Die grüne Lampe erlosch. Die bernsteinfarbene leuchtete auf.

Sofort setzte ein fürchterliches Klopfen ein. Ein stürmisches inneres Gehämmer. Besorgt blickten Mr und Mrs Pearson erst einander und dann die Maschine an.

«Schau nach!», drängte Mrs Pearson ihren Mann. «Schau sofort nach, ob das normal ist, bevor das Ding in tausend Stücke fliegt und unsere Küche gleich mit!»

Noch einmal wurden die Unterlagen sachgemäß befragt, wenn auch unter hektischem Geblätter.

Das Rattern und Klopfen riss nicht ab, die Rhythmen überlappten und verzerrten sich. Dann folgte ein Geräusch wie von Saugpumpen, wie von ächzenden Rohren, ein tiefes Wogen und Pulsieren.

«Hier steht … hier steht, das sei normal.» Mr Pearson gab sich Mühe, vollkommen entspannt zu wirken, obwohl er gegen das Getöse ansprechen musste. Zur Beruhigung seiner Frau rang er sich ein frisches Lächeln ab. «Hier heißt es, wir müssten mit einer ‹geringfügigen akustischen Beeinträchtigung› rechnen. Gehört alles zur … ähm … zum Analyseprozess. Der muss … ja, der muss sehr gründlich sein.»

«Und was meinst du, wie lange diese Gründlichkeit noch dauert?»

Mrs Pearson war kein bisschen beruhigt. Wieder hielt

sie sich die Ohren zu, doch das nützte ihr nicht viel, der Lärm schien direkt in sie einzudringen.

In kleinen Rückwärtsschritten zog sie sich zur Wand zurück. Ihr Mann tat es ihr gleich – vorgeblich bloß, weil er nicht schreien wollte. Doch gerade, als er erneut zu sprechen anhob, hörte das Klopfen plötzlich auf. Die beiden blickten erst einander und dann die Maschine an. Das Bernsteinlämpchen leuchtete noch immer.

Auch Mr Pearson hielt sich nun die Ohren zu. In der Luft lag ein Gefühl, als könnte gleich ausnahmslos alles passieren, und zwar ohne jede Vorwarnung.

Doch es passierte gar nichts. Die Maschine blieb stumm.

Zaghaft, tapfer nahm Mrs Pearson die Hände von den Ohren.

«Also eins kann ich dir sagen, die Lust aufs Kochen ist mir jedenfalls vergangen. Solange dieses Ding hier jederzeit losrumpeln kann, rühr ich keinen Finger. Geradezu gefährlich wäre das, den Herd da anzustellen. Wer würde sich so was je ins Haus holen wollen? Irritierend, um es milde auszudrücken. Und hässlich.»

«Das ist ja bloß ein Prototyp. Wenn die Technik erst richtig ausgefeilt ist, klingt es sicher nicht mehr so. Das kriegen die schon hin. Das bügeln die noch aus. Außerdem habe ich sowieso keinen großen Hunger. Ein Sandwich reicht mir völlig.»

Mrs Pearson machte sich daran, ihnen ein simples Abendbrot anzurichten, obwohl es ihr überhaupt nicht passte, auf dem Weg zur Speisekammer an dem Apparat vorbeizumüssen.

Mr Pearson setzte sich an den Tisch. Mit der vorläufigen Stille war auch seine Begeisterung zurückgekehrt.

«Schon ein Wunder, findest du nicht? Das ist der Anfang eines neuen Zeitalters! Die *Zukunft*, hier in unserer Küche!»

«Ich weiß ja nicht … Wem soll das denn nützen, solche Wegwerflöffel durch die Gegend zu schicken?»

«Sei nicht albern. Die Löffel sind doch nur ein Test. Simple Sachen eben, klar? Eine Kleinigkeit nach der anderen, bloß um zu überprüfen, dass auch alles richtig, ähm, kalibriert ist oder so. Du musst größer denken! Die Maschinen im Institut sind … Na ja, selbst gesehen hab ich sie nicht, aber ich wette, die sind riesig. Und stell dir doch nur mal eine große Fabrik vor, irgendwo im Ausland, mit ganzen Lagerhäusern voller Waren, die damit verschickt werden. Jederzeit könntest du eine neue Ladung kriegen. Einfach so.» Er schnippte mit den Fingern. «Blitzschnell. Sofort. Zack, zack.»

«Wohl kaum.» Mrs Pearson linste zu dem Bernsteinlicht. «Nicht wenn man immer so lange warten muss.» Sie stellte zwei volle Teller ab und setzte sich ebenfalls an den Küchentisch.

«Das kriegen die noch hin. Ruckzuck wird das gehen. Glaub mir das ruhig.» Mr Pearson nahm sich eine dicke Scheibe Brot und bestrich sie mit Butter, wobei er hin und wieder mit dem Messer fuchtelte, um seine Gedanken präziser zu dirigieren. «Und ich spreche hier nicht von Löffeln. Nein! Eher von Eisen, Stahl, Rohöl und so was. Rohstoffe. Güter, die auf dem Seeweg heute noch

Monate unterwegs sind. Die müssen nur erst die Kabel verlegen. Am Meeresgrund. Das wird sicher noch ein Weilchen dauern. Ein Haufen Arbeit. Aber das ist's wert. Langfristig viel billiger.»

«Und die normalen Firmen gehen alle pleite. Die Werften, die Ingenieure, die Seeleute. Alle arbeitslos. Ruckzuck. Zack, zack. Für die gibt's keine Zukunft.»

«Irrtum. Total falsch.» Entschlossen zeigte Mr Pearson mit dem Messer auf sie, unterbrach seinen Vortrag nur kurz, um zu kauen und einen großen Happen zu schlucken. «Erstens werden die ja für die übrigen Waren noch gebraucht. Für alles, was nicht mit der neuen Methode verschickt werden kann. Komplizierte Waren, weißt du, Elektrogeräte oder Luxuslebensmittel. Ganz zu schweigen von Personen. Die müssen ja auch noch transportiert werden. Und zweitens, selbst wenn die Reedereien, wie du richtig annimmst, abschiffen, können die Arbeiter ja in die neue Branche wechseln. Da gibt's jede Menge neue Jobs. Systemüberwachung, Kabel verlegen. So was alles. Eine Tür schließt sich, eine andere geht auf. So läuft das eben. Das ist Fortschritt.»

Erneut fing es hinter ihnen zu klopfen an. Mrs Pearson fuhr vor Schreck zusammen und hätte sich beinah verschluckt. Ihr Mann winkte die Störung ab wie ein alter Hase, als wäre er schon durch und durch gewöhnt an die Funktionsweise des Apparats.

«Reanalyse. Ganz normal. Das macht das Gerät regelmäßig. Die Dinge verändern sich, weißt du? Auf molekularer Ebene. Von Augenblick zu Augenblick. Die

Maschine überprüft noch einmal das Objekt, kontrolliert all seine Werte oder so, und wenn es dann sendefertig ist, stimmt alles ganz genau.»

«Und was ist mit uns?» Behutsam trank Mrs Pearson einen Schluck Wasser. «Was haben wir von dieser großartigen Erfindung? Wie soll einer wie du, aus der Personalabteilung, von dieser schönen neuen Welt profitieren?»

«Na, als Konsument natürlich! Es geht ja nicht bloß um die Industrie. Am Ende kommen alle Vorteile bei uns an. Alles wird billiger. Praktischer. Erst Löffel, dann komplette Autos. Vielleicht. Direkt ab Werk vor die Haustür. Oder in die Einfahrt, besser gesagt. Oder eben dahin, wo der nächste Apparat steht. Das kann doch nur billiger, leichter und insgesamt besser sein, meinst du nicht?»

«Mir kommt das alles eher sehr viel teurer vor. Wie noch größere Geldverschwendung. Braucht im Grunde kein Mensch.» Mrs Pearson stand auf und trug ihren leeren Teller und ihr Glas zur Spüle. «Die vielen Kabelkilometer, die man dafür legen muss. All die neuen Anlagen. Das wird die Preise eher in die Höhe schießen lassen.» Sie legte den Kopf auf die Seite. «Oder wer weiß, vielleicht kommt's auch aufs Selbe raus. Preismäßig, meine ich. So läuft es doch sonst auch. Alles bleibt beim Alten. Relativ gesehen.»

Sie mochte die Geräusche nicht, all das Klopfen, Saugen, Gurgeln, wusste sie jedoch bereits auszublenden; wie wenn Bauarbeiter die Straße vor dem Haus aufreißen und man den Lärm bald nur noch als Hintergrundrauschen wahrnimmt. Doch als das Klopfen verstummte und sie bemerkte, dass die Lampen still und gleichmütig von Bernstein zu Rot gewechselt hatten, änderte sich schnell auch ihr Verhalten, und sie stellte das Geschirr rasch in die Spüle, um sich die Ohren zuzuhalten und die Augen zuzukneifen. Mr Pearson folgte ihrem Beispiel, und so standen beide stocksteif da und erwarteten das grauenhafte Reißgeräusch, bei dem ihnen vermutlich wieder hochkäme, was sie eben geschluckt hatten.

Diesmal erschien es ihnen sogar noch schlimmer. Obwohl sie es erwartet hatten. Obwohl sie sich die Ohren zuhielten. Sie verspürten ein plötzliches Ziehen, kurz, aber kräftig. Derselbe kratzende, ratschende Lärm wie vorhin riss mit Gewalt an ihren Eingeweiden. Zerrte sie langsam in Richtung der Maschine.

Zaghaft schlugen beide die Augen auf. Das Licht auf dem Gerät war wieder grün. Mr Pearson wiegte sich von seinem Stuhl, versuchte, sich auf eine Weise zu bewegen, die so aussah, als fiele ihm Bewegung leicht. Er warf einen Blick in die Kammer. Sie war leer. Nichts darin außer den dicht gereihten Glasbirnen. Wie ein Zaubertrick. Kein Weg hinein, kein Weg hinaus. Es kracht, es zischt, zu seh'n ist nichts.

«Die Maschine ist ja doch recht groß.» Mit beiden Händen hielt Mrs Pearson sich den Bauch. Ohne sich so ganz zu voller Höhe aufzurichten, trat sie neben ihren Mann, um mit ihm in die leere Kammer zu spähen. «Vielleicht ist da irgendwo ein doppelter Boden. Vielleicht klappen die Birnen einfach weg wie eine Falltür, und der Löffel plumpst nach unten. Wo man ihn nicht mehr sieht. Dann macht man die Tür zu, und zack, ist der Löffel wieder da.»

Mr Pearson streckte eine Hand in die Kammer, strich über Boden und Seiten. Die Birnen fühlten sich fast übernatürlich glatt an. So kühl und rutschig waren sie, dass er richtiggehend stutzte, weil seine Hand nicht feucht war, als er sie aus der Kammer nahm.

«Wirkt alles recht stabil. Ziemlich dicht gepackt.»

«Außerdem war der Löffel winzig. Und das Kabel ist so dick! Kein Hexenwerk, da einen kleinen Löffel durchzukriegen.» Mrs Pearson schnürte ihre Schürze auf und faltete die fleckige weiße Baumwolle zusammen. «Bestimmt so eine Art Rohrpost. Mit Druckluft, wie in diesen feinen Banken. All dieses Geklopfe, da wird der Druck aufgebaut, und dann – schwupp und ab dafür. Ratzfatz. Clever, das schon, aber nichts Neues. Das setzt sich nie durch.»

Mr Pearson nickte langsam. Er hörte ihr gar nicht richtig zu. Er schwenkte die offene Tür in den Angeln hin und her. Versuchte, ihr Gewicht zu erspüren. Wollte die dünnen Kabel sehen, die Tür und Apparat verbanden.

Mrs Pearson ließ ihn machen.

«Also ich werde jedenfalls nicht auf noch mehr Löffel warten.» Sie legte die gefaltete Schürze auf den Tisch neben die Reste ihres Abendbrots. «Ich hoffe, es kommen gar keine mehr. Wenigstens nicht heute Abend.» Ein kurzer Blick zum Abwasch in der Spüle. «Dieses ganze Geklopfe und Gepumpe und Gekreische … Wie soll man da ein Auge zukriegen?» Sie holte tief Luft und steuerte den Flur an. «Denk nur dran, die Tür später gut zuzumachen, wenn du raufkommst.» Und damit verschwand sie.

Einen Augenblick stand Mr Pearson ganz allein da. Der Apparat vor ihm blieb stumm. Jetzt, wo seine Frau fort war, konnte er erst richtig würdigen, wie ausgesprochen still dieses Gerät war. Selbst ein Kühlschrank summte leise, aber dieses Ding gab nicht das kleinste Grundgeräusch ab, nicht einmal die grüne Lampe brummte. Sogar Mr Pearsons Nasenatmung klang dagegen grob. Die Tür schwang ohne jeden Widerstand zu, bloß als die Birnen sich berührten, gab es einen kleinen Ruck und dieses zarte, hohe Quietschen von der Reibung, dann saugte der Magnetstreifen sich mit kleinem dumpfem Laut am Rahmen fest.

Mr Pearson schob die Hände in die Taschen und trat ein paar Schritte zurück, wollte die Maschine noch nicht aus den Augen lassen – nur, falls doch noch irgendwas passierte, irgendetwas Ungewöhnliches.

Doch es passierte nichts. Das grüne Licht leuchtete weiter. Der Apparat blieb stumm. Und Mr Pearson wandte sich schließlich doch ab und folgte seiner Frau schlurfend ins Bett.

Die kühle blaue Dunkelheit der Küche sowie das sanfte gelbe Licht einer Laterne, das durch die Jalousie am Fenster fiel. Die träge Schwere des einsatzbereiten Apparats sowie das kleine gleichmäßige Leuchten der bernsteinfarbenen Lampe darauf.

Ein langsames Knarzen. Ein sachtes Tapsen, dumpf, leise und zögerlich. Ein Schlurfen, ein Tasten im Dunkeln, dann schwang die Küchentür, die einen Spaltbreit aufgestanden hatte, allmählich kücheneinwärts.

In der Tür tauchte verschwommen der schattenhafte Schemen von Mrs Pearson auf, das dünne gelbe Licht umrahmte fahl ihr altes weißes Nachthemd. Fest umschlang sie sich mit beiden Armen. Streckte einen nackten Fuß vor und tippte mit dem großen Zeh gegen das dicke, sich aus der Tür schlängelnde Kabel. Der Gummimantel war weich und warm. Gab unter ihrem Zeh ein wenig nach.

Sie stapfte zur Spüle, wobei ihre nackten Füße leise auf dem kühlen Linoleum schmatzten. Die Knie aneinandergepresst, ging sie in die Hocke, öffnete die Schranktür unter der Spüle und nahm eine längliche Werkzeugtasche heraus. Als das Metall darin beim Aufstehen verrutschte, sackte die Tasche an den Enden ab.

Von draußen war kein Mucks zu hören. Die ganze Straße schlief. Nur die Maschine mit dem Bernsteinlicht bürdete der Küche konstant ihre Bereitschaft auf. Mrs Pearson legte die Hand auf den kleinen braunen Stecker in der Dose knapp über dem Boden. Er war heiß. Das Kabel ebenfalls. Sie legte den Schalter an der Dose um und sah zu, wie – ein oder zwei Sekunden später – das Bernsteinlicht auf dem Gerät im Küchenblau verblasste. Zur Sicherheit zog sie den Stecker und legte ihn leise auf den Boden.

Tastend fand sie in der Werkzeugtasche eine lange

schwarze Stablampe. Die richtete sie auf den Boden, ehe sie sie anknipste. Über so viel Helligkeit erschrocken, spreizte sie die Finger filternd über den Lichtstrahl, ehe sie ihn auf den Sockel der Maschine richtete und nach Schrauben Ausschau hielt. Acht Stück entdeckte sie an der ihr nächsten Abdeckplatte und durchstöberte erneut die Tasche nach dem geeignetsten Schraubenzieher. Dann leuchtete sie die Maschine an und machte sich ans Werk.

Die Schrauben saßen bündig im Metall. Waren gründlich festgedreht. Aber Mrs Pearson war entschlossen. Sie biss die Zähne so kräftig zusammen, dass ihr der Kiefer wehtat. Hielt den Schraubenzieher derart fest, dass ihre Knöchel weiß wurden, und drehte ihn mit aller Macht, bis – mit einem kleinen metallischen Knirschen – die erste Schraube endlich nachgab. Sachte drehte sie sie ganz heraus und nahm sie in die Hand.

Sechs Schrauben hatte sie schon rausgedreht und fein säuberlich auf den Boden neben sich gereiht, um sie später in korrekter Reihenfolge wieder einsetzen zu können, als sie plötzlich bemerkte, dass ihre kleinen Seufzer und angestrengten Grunzer nicht die einzigen Nachtgeräusche in der Küche waren. In der Tür stand jetzt ein zweiter Schatten, sah ihr zu. Mrs Pearsons Augen brauchten einen Moment, um sich vom Blick in den Lichtkegel der Stablampe ausreichend umzustellen, dass sie die blassen Pyjamastreifen ihres Manns erkannten.

Eine Weile starrten sich die beiden durch das Dunkel gegenseitig an. Dann trat Mr Pearson in den Raum. Er trug alte Lederpuschen, in denen seine Schritte ausgesprochen leise auf den Küchenboden fielen. Von oben blickte er auf seine Frau herab. Die Stablampe breitete ihr Licht über die Szene, verlieh dem akkuraten Arrangement der Schrauben scharfe, lange Schatten und offenbarte die klaffende Lücke, wo die Seitenplatte der Maschine sich bereits zum Teil gelöst hatte.

Mr Pearson streckte seiner Frau die Hand hin. Mrs Pearson händigte ihm den Schraubenzieher aus. Mr Pearson nahm ihn, setzte ihn entschlossen auf eine der letzten beiden Schrauben und drehte. Mrs Pearson fand noch einen zweiten Schraubenzieher und machte mit.

Als sie die Abdeckplatte endlich loshatten, achteten sie gut darauf, sie nicht einfach fallen zu lassen. Gemeinsam fingen sie das plötzliche Gewicht auf, gemeinsam lehnten sie es an die Wand. Dann leuchteten sie mit der Stablampe tief in die Maschine.

Zuerst verwirrte sie der Anblick. Als der Lichtkegel übers Innenleben des Geräts strich, schien es fast, als würde darin etwas leben. Wie ein Haufen roter, sich umeinander windender Würmer, eine wallende, wogende Masse. In Wahrheit waren das natürlich Kabel. Tausende dünne rote Kabel. Sonst gab es nicht viel zu sehen, bloß in der Mitte eine schlanke Säule und ein paar flache hängende Platinen, wie die Lamellen einer Heizung oder die Holzrahmen in einem Bienenstock. Aus diesen Platinen strömten kreuz und quer die Kabel, verbanden dies mit jenem und jenes mit anderem. Wie eine extrem vertrackte Schalttafel. Als sie die Stablampe näher hielten, sahen sie, dass jeder winzige Anschluss auf den Platten mit einem klitzekleinen Code beschriftet war, in feinen weißen Buchstaben in das Metall gestanzt.

Mr Pearson hielt die Stablampe tiefer hinein, richtete ihr Licht nach oben. Noch mehr Platinen, sonst nichts. Mehr Kabel. Er fragte sich, ob die Zahl der Kabel womöglich der Zahl der froschlaichhaften Birnen in der oberen Kammer entsprach. Oder ihrer Anzahl im Quadrat. Oder im Kubus. Ein kleiner Aufschrei seiner Frau ließ ihn zurückzucken. Er leuchtete ihr auf die Hände.

Sie hatte sich in den Finger gestochen. Die Montagepunkte der Kabel waren messerscharf. Ein einzelner heller Blutstropfen quoll langsam aus der Haut.

Hastig hoben sie das Seitenteil an die Maschine und zogen alle Schrauben wieder fest. Sie wischten alles ab, was sie berührt hatten, erst mit einem ausgewrungenen Spüllappen, dann mit einem Geschirrtuch. Schließlich wurde auch der kleine braune Stecker wieder eingesteckt.

Mit angehaltenem Atem knipsten sie den Strom an. Kurz darauf leuchtete das Bernsteinlicht wieder.

Einstimmig atmeten sie auf. Verstauten rasch die Werkzeugtasche und die Stablampe.

Gemeinsam schlurften sie wieder ins Bett.

—

Am nächsten Morgen, als Mr Pearson die Samstagszeitungen hereinholte, fuhren ein paar Männer vom Institut vor, um den Prototyp wieder abzuholen. Mit Mr Pearson wechselten sie praktisch kein Wort, außer um ihn höflich um Einlass zu bitten.

Offensichtlich gab es keine spezielle Abschaltprozedur. Der Strom wurde bloß ausgeschaltet, das Kabel eingerollt, die Verbindung getrennt, die Maschine hinaus und in den wartenden Lieferwagen geschoben. Der Fahrer grüßte Mrs Pearson mit der Hand an der Mütze, und sie sah dem davonfahrenden Wagen nach.

Zurück in der Küche starrte sie einen Augenblick die Stelle an, wo der Apparat die Nacht über gestanden hatte. Vier exakt quadratisch angeordnete Druckstellen ließen noch immer seine Last auf dem Linoleum erahnen.

Aus ihrer Tasche zog Mrs Pearson ein kurzes Stück dünnes rotes Kabel. An beiden Enden hatte es scharfe Anschlüsse aus Messing. Sie inspizierte es, drehte es langsam in der Hand und legte es dann auf den Küchentisch, um das Frühstück abzuräumen.

2.
EINBAHN

Während ihr Kollege Krištof den Lastwagen langsam durch die ruhigen, breiten Straßen der Wohnsiedlung lenkte, lehnte Emma sich aus dem Fenster der Fahrerkabine. Stefan, der in der Mitte saß, sollte eigentlich die andere Straßenseite im Auge behalten, drehte stattdessen aber in einer Blechdose auf seinem Schoß Zigaretten. Immer dasselbe Problem bei diesen Umzugsjobs: Das Haus war schnell gefunden, aber den nächsten Anschlusskasten musste man jedes Mal erst suchen. Emmas Telefonat mit der Kundin war ungewöhnlich mühsam gewesen, doch sie hatte die Geduld auch noch bewahrt, als die Frau den Hörer einfach baumeln ließ, um die Straße nach dem Kasten abzusuchen, den Emma ihr beschrieb.

Die Kästen waren in neutralem Grau gestrichen und ließen sich trotz ihrer Größe leicht übersehen, ja sie waren praktisch unsichtbar für alle außer den gewitztesten Passanten. Kaum einer erinnerte sich daran, wie man sie aufgestellt oder was zuvor an ihrem Platz gestanden hatte. Sie waren einfach eines dieser Straßendinge, die irgendwie immer schon da gewesen waren.

«Da!» Emma zeigte direkt voraus durch die Windschutzscheibe. «Zwischen … also, *hinter* den zwei braunen Autos. Sieht aus, als könntest du daneben parken.»

Krištof bestätigte ihre Sichtung weder durch ein Nicken noch durch einen festeren Tritt aufs Gaspedal. Vielleicht hatte er den Kasten bereits selbst entdeckt und bloß nichts gesagt. Oder er verachtete Emma für ihren Eifer, ihre Effizienz, ihre Neigung, auf das Offensichtliche hinzuweisen. Bislang war diese Fahrt ziemlich genau wie folgt abgelaufen: Emma gab sich alle Mühe, gute Laune zu verbreiten, und die beiden Männer saßen muffig neben ihr, sprachen nur, wenn eine Antwort unvermeidlich war, und taten auch das so wortkarg wie nur möglich.

Emma spähte im Vorbeifahren nach Hausnummern.

«Ja, das sollte passen. Sie müsste gleich um die Ecke wohnen. Wahrscheinlich reicht uns … eine Spule, oder?»

Sie hatte die Frage ganz bewusst direkt formuliert, bekam aber trotzdem keine Antwort. Vielleicht schwiegen die beiden bloß lieber, wenn sie sich nicht sicher waren. Vielleicht berechneten sie wortlos die Distanz. Emma tat, als hätte sie sowieso keine Antwort erwartet. Sie lehnte sich zurück, nahm einen Schluck aus ihrer Trinkflasche und blickte unverwandt aus dem offenen Fenster.

Heiß war es heute. Kaum ein Lüftchen ging. Sie fuhren jetzt so langsam, dass auch kein Fahrtwind mehr durch die Kabine wehte. Schwer drückte die Hitze durch die Windschutzscheibe. Die Häuser an der Straße waren allesamt im selben Stil gebaut: klein, rot, freistehend, mit perfekt rechteckigen Rasen und schmalen, von Mäuerchen aus grobem grauem Stein gesäumten Einfahrten.

Ein Stück voraus, mitten auf einem dieser Rasen, saß jemand ganz allein auf einem Klappstuhl, das Gesicht unter einem großen hellen, breitkrempigen Hut verborgen. Als der Laster näher kam, erhob sich die Gestalt. Eine ältere Dame, hochgewachsen, aber gebückt, die jetzt ohne jedes Zeichen kehrtmachte, ihren Stuhl einklappte und ihn ins Haus trug.

Krištof parkte den Laster mit der Rückseite so dicht wie möglich an der Einfahrt, Emma überließ die beiden Männer ihren Aufgaben und ging quer über den gelb verdorrten Rasen zur Haustür. Die Dame war verschwunden, doch die Tür stand noch weit offen, nur das Fliegengitter war geschlossen. Emma klopfte an die Fensterscheibe.

«Mrs Carter?» Obwohl sie keine Antwort hörte, sagte Emma ihren Text auf. «Wir sind von der Spedition. Ich hoffe, wir sind nicht zu früh.» Zwar fand sie persönlich nicht, dass man je zu früh sein konnte, aber einem solchen Vorwurf nahm man trotzdem besser gleich den Wind aus den Segeln. «Mrs … Carter?» Im dunklen Haus schien sich etwas zu bewegen, aber niemand kam auch nur einen Schritt näher. Emma schirmte ihre Augen ab, um besser durch das Fliegengitter zu sehen. «Die Jungs werden ein Weilchen mit dem Aufbau brauchen, aber wenn ich mir schon mal anschauen dürfte, was sie alles haben, also wie sie alles vorbereitet haben, an den Türen und so, na ja, das wäre eben … immerhin … Mrs Carter?»

Jetzt bewegte sich etwas in ihre Richtung. Das Fliegengitter schwang auf, und da stand sie, die alte Dame, groß und hager, in einem beigen Sommerkleid und einer alten weißen Strickjacke, und sah die Besucherin aus großen braunen Augen an, zu gleichen Teilen sauertöpfisch und schicksalsergeben. Den Sonnenhut hatte sie abgenommen, wodurch ihr drahtiges schwarzes Haar zum Vorschein kam, zu einem straffen Dutt gebunden und nur ganz leicht grau meliert.

«Ich bin Emma.» Emma streckte ihr die Hand hin, strahlte sie entschlossen an.

Die alte Dame ließ sie ihre Hand zwar nehmen und schütteln, erwiderte den Griff aber selbst nicht, stierte nur an Emma vorbei zum Lastwagen und den zwei Männern, die ein dickes schwarzes Kabel auf dem Gehsteig ausrollten, wobei sie alle paar Meter stehen blieben, um es näher an die Mauer zu treten und vor offenen Einfahrten mit hölzernen Rampen abzudecken.

«Nein, das passt mir gar nicht.» Mrs Carter schüttelte ganz leicht den Kopf, als wäre dieses simple Statement das Ergebnis einer langen, zähen Auseinandersetzung mit sich selbst. Dann machte sie kehrt und ging wieder hinein. «Aber wen interessiert schon, was mir passt, hm? Was habe ich da schon zu melden?»

Zwar hatte Emma nicht den Eindruck, dass diese Fragen sich an sie richteten, doch sie ergriff, die Chance, ein Gespräch anzufangen. «Ach, was hat da überhaupt irgendwer zu melden, Mrs Carter? Niemand zieht gern um. Ich kann nicht behaupten, dass irgendeiner unserer

Kunden sich darüber je gefreut hätte.» Rasch folgte sie der alten Dame ins Haus, bevor das Fliegengitter wieder zufiel. «Aber wir geben uns zumindest größte Mühe, alles so, ähm, reibungslos wie möglich zu gestalten. Stressfrei, wissen Sie? Ganz locker. Ja, wir versuchen –»

Das Haus war kühl und dunkel. Kein Teppich, nicht mal ein kleiner Läufer, bedeckte das blank polierte Goldbraun des Parketts. Emma dachte lieber nicht daran, was die Stiefel ihrer Kollegen mit der Versiegelung anrichten würden, wenn sie die schweren Möbel aus dem Haus schleppten. Zumindest wäre die alte Dame bis heute Abend hier raus.

«Hier.» Mrs Carter blieb inmitten eines offenen Flurs stehen, von dem eine Treppe sich hinauf zu einem schmalen Absatz schwang. «Am besten fangen Ihre Männer hier an.» Sie zeigte auf ein paar gestapelte Kartons. «Ich habe alles mit Etiketten markiert, sehen Sie? Alles mit Etikett geht raus, alles ohne bleibt. Verstehen Sie? Verstehen Ihre Leute das? Kein unmarkierter Gegenstand darf dieses Haus verlassen! Jedenfalls nicht mit ihrer … Apparatur. Um die Sachen kümmere ich mich selbst. Später.»

Emma blickte sich gelassen um, verschaffte sich nickend einen Überblick. Derlei Ablehnung war ihr nicht neu. Sie nahm sie einfach hin, auch wenn sie ihr nicht einleuchtete. Ihren Kunden beibringen zu wollen, dass es keinen Grund zur Sorge gab, hatte sie längst aufgegeben. Solche Menschen würden sich niemals umstimmen lassen, auch nicht mit praktischen Beweisen.

«Das ist … gut durchdacht, Mrs Carter. Erleichtert

uns die Arbeit ungemein.» Lächelnd griff sie nach dem Anhänger an dem Karton vor ihr. Er war nicht beschriftet. Bloß ein Stück Papier an einem Faden, lieblos mit Klebeband befestigt. «Ich sag's den Jungs. Die werden sich bestimmt freuen. Wenn Sie wüssten, wie selten wir klare Anweisungen bekommen! Und dann beschweren sich die Leute, wenn nicht alles läuft, wie sie es wollen etc. pp.»

«Ja. Na ja. Ich lege eben Wert auf Gründlichkeit.»

«Zu Recht, Mrs C., zu Recht.» Emma tätschelte den Karton.

Den Nachnamen so abzukürzen, war riskant, machte sich aber bezahlt. Die Miene der alten Dame besänftigte sich etwas, und kurz zuckte ein leises Lächeln über ihre Lippen.

«Eben. Sie wollen sicher auch die größeren Stücke sehen, oder?» Elegant machte Mrs Carter auf dem Absatz kehrt und schritt voran in eins der Zimmer. «Die Terrassentür ist offen, das Gatter an der Seite lässt sich aufhaken, und falls nötig –»

Emma lächelte erneut, nur bei sich diesmal, und folgte ihr leichten Schrittes. Vielleicht würde ja doch alles ganz einfach. Dann erblickte sie den Stutzflügel, die antike Kommode und diverse ähnlich sperrige Objekte.

Ihr Lächeln verblasste. Nicht wegen der Größe dieser Stücke, die machte Emma keine Sorgen. Aber nicht eines davon trug ein braunes Etikett.

—

Die offenen Ladetüren des Lastwagens waren sicher festgemacht, die ramponierte Laderampe ausgeklappt.

Während Krištof und Stefan im Haus über die größeren Stücke verhandelten und Mrs Carter in kurzen, klaren Sätzen begreiflich zu machen versuchten, dass für deren Umzug keinerlei Alternative zur Verfügung stand, erklomm Emma die Rampe und nahm die Bedieneinheit mit dem langen Spiralkabel vom Haken.

Sie öffnete die Innentüren gerade weit genug, um in die Hauptkammer zu treten; nur das Spiralkabel verhinderte, dass irgendwer versehentlich die Tür hinter ihr zuschlug. Eine simple, aber effektive Vorsichtsmaßnahme: Würde das Kabel tatsächlich von einer aus unerfindlichen Gründen zufallenden Tür gekappt, würde das ganze System nicht mehr funktionieren.

Die dunkle Kammer war kühl und sauber. Emma ließ die ersten Testroutinen anlaufen, worauf die rund neunzigtausend Birnen an der Decke und den Wänden blassgelb aufleuchteten. Eine Stelle direkt über ihr fiel ihr ins Auge. Eine Birne war kaputt. Wieder mal dieselbe. Wie ein kleines schwarzes Loch inmitten der schimmernden Wabe. Die würde sie jetzt aber sicher nicht schon wieder austauschen. Auf eine mehr oder weniger kam es sowieso nicht an. Theoretisch konnten bis zu zwei Prozent der Birnen ausfallen, ohne dass Analyse oder Übertragung gestört wurden; zumindest, sofern sich die Blindgänger gleichmäßig über die Matrix verteilten und sich nicht zu einem größeren schwarzen Feld ballten.

Da sonst keine dunklen Stellen zu sehen waren, zog

Emma ein geschnitztes Specksteinfigürchen aus der Tasche ihres Arbeitshemds, platzierte es in der Mitte der Kammer, ging hinaus und versiegelte die Tür. Die Probeanalyse war schnell durch, bloß eine knappe Minute lang trommelte, rasselte und pulsierte es im Apparat, bis die Ergebnisse auf Emmas Bedieneinheit erschienen. Sie überflog die hellorangen Datenzeilen, klickte sich zügig durch die Seiten. Sie wusste, welche Muster zu erwarten waren. Mit einem bekannten Testobjekt war es viel einfacher, da fand man tendenziell immer genau, was die Maschine hatte suchen sollen.

Als Emma die Figur aus dem Gerät nahm, trugen Krištof und Stefan auch schon die ersten Stücke heran. Mit hartnäckiger Logik hatten sie sich durchgesetzt und Mrs Carter überzeugt, dass keins der großen Möbelstücke je das Haus verlassen würde, wenn sie es nicht mit ihrer Maschine transportieren durften. Eine andere Option gab es schlicht nicht.

Der Flügel kam zuerst. Keiner der beiden Männer war sonderlich kräftig. Groß, das schon, aber nicht breit. Trotzdem trugen sie den Stutzflügel, als wäre er ein Spielzeug, eine Deko-Attrappe aus Nylonschnüren und hohlen Plastiktasten statt eines massigen Trumms aus Gusseisen und lackiertem Ahorn. Schon verschwand er hinten in der Kammer, und die beiden Männer gingen wieder ins Haus, die nächste Ladung holen.

«Ich habe gehört, mit Klavieren und dergleichen käme der Apparat nicht zurecht.» Mit verschränkten Armen stand Mrs Carter an der Laderampe, den hellen Sommerhut jetzt wieder auf dem Kopf. Unter der breiten, schlaffen Krempe blickte sie hinauf zu Emma. Sie sprach leise. «Das habe ich irgendwo gelesen. ‹Komplexe Materialien›. So hieß es in dem Artikel. Harthölzer. Filz. Elfenbein. Damit könne er nicht umgehen, hieß es.»

«Ja, früher war das so.» Emma nickte, ohne sich nach Mrs Carter umzudrehen. «Wahrscheinlich ein älterer Artikel. Längst überholt.» Sie drückte auf den Tasten der Bedieneinheit herum, versuchte, eine stabile Verbindung herzustellen. «Stimmt schon, die früheren Modelle hatten offenbar riesige Schwierigkeiten mit organischen Materialien. Heute ist das anders. Deutlich bessere Tiefenanalyse. Solange das Objekt nicht richtig lebendig ist, kein Bewusstsein oder so hat, ist das heute keine große Sache mehr.»

Krištof und Stefan luden munter weiter, während Mrs Carter schweigend zusah. Trotz der Hitze schienen die zwei überhaupt nicht zu schwitzen. Nichts an ihrer Arbeit schien sie nur das kleinste bisschen anzustrengen, egal wie groß und sperrig die Möbel waren.

«Also mir kommt das nicht richtig vor.» Mrs Carter trat unruhig von einem Fuß auf den anderen. «Alles so da reingestopft. Alles so in einem Rutsch.»

Emma lächelte. «Würden wir's fahren, wär das auch nicht anders. Alles reingestopft. Alles auf einmal.»

«Sie könnten es ja immer noch fahren! Einfach alles in den Laster laden und wie früher transportieren!»

Emma hielt inne. Blickte einen Augenblick hinauf in den blauen, wolkenlosen Himmel. «Wäre aber ganz schön weit. Und das System könnte dabei beschädigt werden. Von Ihren Sachen ganz zu schweigen. Die lange Strecke, die vielen alten Straßen … Schlaglöcher und so was. Glasbruch. Unfälle und Staus. Allein schon die Versicherung würde eine ganze Stange mehr kosten.»

«Darüber hab ich auch gelesen. Über die Kosten. Die haben sich nicht geändert. Egal, was die sagen. Seit meiner Jugend nicht mehr. Nicht maßgeblich. All dieser», Mrs Carter winkte verächtlich ab, «neumodische Schnickschnack. Dieses Brimborium. Was ändert das schon wirklich? Was wird dadurch besser? Und für wen?»

«Das wird schon noch billiger. Aber ganz falsch liegen Sie nicht, stimmt schon. Die Dienstleistung ist ja letztlich dieselbe, also gibt es ehrlich gesagt auch gar keinen Grund, wieso der Preis sich ändern sollte. Gleiche Leistung, größere Belegschaft. Nur eine andere, na ja, Verteilung. Das Geld fließt jetzt eben woandershin.»

Als Krištof die Tür zur Kammer schloss und verriegelte, entkreuzte Mrs Carter plötzlich ihre Arme. «Moment mal. Das ist doch nicht alles. Es gibt noch jede –»

«Ist schon in Ordnung, Mrs Carter. Nur die Ruhe, alles gut.» Emma sprang von der Laderampe. Ihr Ton war scherzhaft, doch das schien die alte Dame nicht zu merken. «Wir machen das in mehreren Chargen. Standardprozedur. So bleibt dem Team am anderen Ende etwas Zeit zum Ausladen. Und während die dort ausladen, laden wir hier weiter ein. So ergibt das einen schönen Rhythmus, verstehen Sie?» Sie drückte auf Start.

Wieder das Trommeln und Klopfen und Rasseln. Mrs Carter wirkte leicht verwirrt.

«Das andere Team? Ich … ich dachte –»

«Zwei Lastwagen. Zwei Teams. Sender und Empfänger. Direkte Verbindung zwischen den zwei Apparaten. Sie dachten doch nicht, Ihre Möbel würden einfach so im Garten Ihres neuen Hauses aufploppen? Und selbst wenn, irgendwer müsste sie ja immer noch reintragen.»

«Zwei Teams. Ach ja. Natürlich.» Mrs Carter starrte ins Leere. Sie schien die Sache mit sich selbst zu diskutieren, murmelte eher leise vor sich hin, als richtig zu sprechen. «Gewiss. Kein Wunder, dass das so viel kostet. Alles doppelt, vermutlich. Wie ungeheuer … aufwendig.»

Das Klopfen aus dem Lastwagen verstummte. Ruckartig blickte Mrs Carter auf, erwartete, dass irgendwas passierte. Dann sah sie Emma an.

«Ist es –? Ist jetzt alles weg?»

Emma schüttelte den Kopf. «Noch nicht. Wir müssen ein Fenster abwarten. Könnte leicht noch, ähm, ein paar Minuten dauern. Vielleicht auch länger. Hängt vom Verkehr ab.»

«Vom Verkehr? Ist das zweite Team noch gar nicht da?»

«Im Netzwerk, meine ich. Meistens ist da ganz schön was los. Vor allem an Tagen wie heute. Aber sobald wir eine gute, stabile Verbindung aufgebaut haben …»

Emmas Stimme verklang. Sie blickte auf das Display der Bedieneinheit. Scrollte durch die Datensätze der Voranalyse.

Auch Mrs Carter linste auf das Display, sah dort aber

nichts als Kauderwelsch. Zwar erkannte sie die Buchstaben, ja sogar einige Wörter, doch die Syntax gab ihr das Gefühl, mit einem Mal ihr Sprachvermögen eingebüßt zu haben.

Emma blickte auf. «Sorry, Mrs Carter. Das ist jetzt der langweilige Teil. Unvermeidlich, aber langweilig. Ich muss mich also wirklich konzentrieren. Erst recht bei dieser Hitze.»

Mrs Carter trat zurück. Sie machte große Augen und sah aus, als wollte sie noch etwas sagen, doch stattdessen drehte sie sich einfach um und ging wieder ins Haus.

Emma schirmte das Display ab, drehte sich aus der Sonne und beugte sich über das Gerät. Das war tatsächlich der kritische Punkt, der wahre Grund, aus dem sie hier gebraucht wurde – ihr Spezialgebiet, mal abgesehen vom Kundenkontakt. Sie suchte nach Anomalien im Datenstrom. Das Ergebnis der Analyse war wirklich Kauderwelsch, zumindest größtenteils. Maschinensprache. Soll heißen: keine, die irgendjemand wirklich sprach. Doch Emma konnte sie verstehen, war dafür ausgebildet, und sie merkte sofort, wenn etwas nicht stimmte. Wie eine falsche Note bei einem Klavierkonzert: Egal, wie kompliziert das Stück war oder ob man es schon kannte, wer ein musikalisches Gehör hatte und aufmerksam lauschte, wusste augenblicklich, wenn eine ganz bestimmte Note nicht zwischen die anderen gehörte.

Aber ein Verspieler bei einem Konzert war nicht dasselbe wie das hier. Falsche Noten kamen eben vor, störten nicht weiter. Hier konnte man Fehler nicht so einfach ignorieren.

Emma arbeitete schnell, aber gründlich. Keine Zeile Code entging ihr, und als ein Blinklicht eine sichere Verbindung anzeigte, drückte sie entschlossen und ohne auch nur einen Augenblick zu zögern, auf Senden.

Ein kurzer Ruck ging durch die Welt. Ein kleiner Vogelschwarm stob aus einem Baum auf und surrte in den heißen blauen Himmel. Eine gescheckte Katze sprang unter einem geparkten Auto hervor, sauste über die Straße und verschwand im Garten gegenüber.

Das Übliche eben.

Emma stand stocksteif am Rand der Rampe, den Kopf gesenkt, die Augen zugenietet.

Falls irgendwo gerade noch ein Hund gebellt hatte, bellte er jetzt nicht mehr. Falls auf dem Rasen monoton die Grashüpfer geschrammelt hatten, so waren auch die verstummt. Emma hörte auch kein fernes Rauschen von der Autobahn, doch vielleicht war das schon vorher so gewesen. Sicher konnte sie da nicht sein. Die plötzliche Stille hatte alles platt gedrückt.

Als Emma die Augen wieder aufschlug, schien das harte Licht der Sonne eigenartig dünner. Die Hitze war stechender. Die kurz aufgewallte Böe war zu neuerlicher, endgültiger Windstille besänftigt.

Emma blickte aufs Display. Dann hängte sie die Bedieneinheit an ihren Haken und ging ins Haus.

—

Ohne Möbel und sonstige Einrichtungsgegenstände war das Wohnzimmer nicht mehr besonders wohnlich. In seiner Mitte, rings um einen großen Pappkarton, standen jetzt drei schlichte Bugholzstühle. Wie bei einer kleinen provisorischen Kartenrunde oder als drängten Landstreicher sich um eine heiße Kohlenpfanne. Bloß dass auf dem Pappkarton ein bunt bemaltes Holztablett stand, seinerseits mit einem kleinen Teeservice beladen: eine Kanne mit einem Griff aus geflochtenem Bambus, vier Tässchen auf tiefen Untertassen, ein dazu passendes Milchkännchen, eine Zuckerdose, aus der ein Silberlöffel ragte, und ein Tellerchen mit Shortbread.

Emma fragte sich, ob die Dame das Service extra noch mal ausgepackt hatte. Krištof und Stefan waren im letzten Zimmer zu Gange, schleppten die übrigen Sachen durch die Terrassentür vors Haus. Nur Mrs Carter saß noch vor dem Pappkarton und beäugte – die Knie züchtig zusammen, den Rücken gekrümmt, den Kopf ein wenig gesenkt – mit großen Augen einen Fleck auf der Bodenleiste. Als Emma eintrat und neben ihr Platz nahm, richtete die alte Dame sich rasch auf, lächelte und schenkte ihr Tee ein.

«Dieses Service hat meine Familie aus Schanghai mitgebracht, als man uns zwang – und das meine ich wörtlich! –, hierher zurückzukehren. Die ganze weite Reise war es im Gepäck. Auf einem Schiff! Es liegt mir wirklich sehr am Herzen.»

Die Tassen waren aus enteneiblauem Knochenporzellan mit etwas helleren, rautenförmigen Mulden an den Seiten.

«Wir haben immer Reisschalen dazu gesagt. Aber nicht, weil sie für Reis wären! Das sind sie nämlich nicht. Nur wegen des Musters, das wie Reis aussieht, besonders gegen das Licht. Die Mulden sind so dünn und fragil, dass es durchscheint.»

Der Tee, den Mrs Carter ihr einschenkte, war gelblich hell. Als sich die Tasse langsam füllte, färbten die Mulden sich blassgrün. Milch und Zucker wurden, ohne zu fragen, beigemischt, allerdings auch nur ein Tröpfchen Milch und ein paar Körner brauner Zucker; kaum der Rede wert; kaum der Mühe wert. Die Milch fächerte abwärts durch den gelben Tee, und die dunklen Zuckerkristalle durchbohrten die Schwaden auf ihrem Weg zum Tassenboden. Ein kurzes melodisches Rühren mit dem Silberlöffel, dann wurde die Tasse mitsamt Untertasse angehoben und Emma hingehalten.

«Natürlich gehören da noch mehr Tassen dazu, zu dem Service. Und nein, die werden ganz gewiss nicht mit Ihrem ... ‹System› verschickt. Die nehme ich schön selbst mit.»

Emma schwieg. Nippte Tee. Er schmeckte gut. Die Sorte konnte sie nicht einordnen. Aber er war gut.

«Sorgen machen mir die wirklich einzigartigen Stücke, wissen Sie. Ich bin alt. Doch, doch, da brauchen Sie gar nicht so zu schauen. Ich habe länger durchgehalten als die meisten. Länger als gedacht. Und im Laufe meines Lebens habe ich viel angesammelt. Einiges geerbt. Zu treuen Händen anvertraut, wenn Sie so wollen. Und ich könnte nicht ertragen ... Verstehen Sie? Das Risiko *kann* ich nicht eingehen.»

Emma fand, an dieser Stelle sollte sie vielleicht mitfühlend nicken, beließ es aber vorerst dabei, einfach zuzuhören, sodass Mrs Carter sich ihren Kummer von der Seele reden konnte.

«Als Erstes dachte ich natürlich an den Schmuck. Genau. Der fällt einem wohl immer zuerst ein. Und nicht nur seines Wertes wegen. Jedes Stück hat seine eigene Geschichte, seine eigene Bedeutung für mich. Aber alles zusammen braucht gar nicht viel Platz. Ein simples Ledertäschchen. Eine Lackschatulle.»

Emma grinste. Damit kannte sie sich besser aus. «Ja, das machen alle so. Total absurd. Aber alle machen es.» Sie stellte die Tasse ab. «Ach, das ist schon in Ordnung. Keine Sorge. Ich verstehe das. Komplett. Aber absurd ist es trotzdem.»

Mrs Carter beäugte ihr junges Gegenüber skeptisch.

«Na ja, weil … Schmuck besteht ja letztlich nur aus Gold, Silber und Edelsteinen!» Wieder grinste sie. «Simple Elemente und Verbindungen. Wald-und-Wiesen-Mineralien. Wertvoll, klar, aber im Grunde doch die allereinfachsten Stoffe. Extrem gleichmäßige, kristallklare Struktur. In der Analyse kommt das sehr schön raus. Nicht zu übersehen. Blitzsaubere, stabile Datensätze.»

«Na ja, das Material vielleicht. Insofern mögen sie schon simpel sein. Aber die ganze Kunstfertigkeit, die in ihre Herstellung geflossen ist, die kriegt Ihre Maschine nicht so leicht zu fassen. Das individuelle Design, das handwerkliche Geschick, das Hämmern, die Hitze, die ganze Geschichte.»

«Aber das sind ja alles nur Fragen der Anordnung!» Emma lachte. «Das ist die größte Stärke des Systems: Position, Richtung, Geschwindigkeit, relative Kraft. Bis auf subatomare Ebene. Echt erstaunlich, eigentlich. Und hochgradig exakt.»

Mrs Carter wirkte reichlich unbeeindruckt.

«Aber Bücher, zum Beispiel.» Emma legte den Kopf zur Seite. «Das ist was anderes. Letztlich sind Bücher nämlich, na ja, eigentlich Holzklötze.» Sie tippte mit der Schuhspitze gegen den Pappkarton, und das Teeservice klapperte und klimperte. «Packt man so einen Karton mit Büchern voll, hat man eben einen noch größeren Holzklotz. Schwer. Und kompliziert. All die vielen dünnen Seiten. Bedruckte Holzscheibchen. Da frag ich mich schon ab und zu …» Emma nahm sich ein Stück Shortbread. Tunkte es nachdenklich in ihren Tee. «Sagen wir, ein Buch kommt an, und all die Wörter sind vertauscht. Immer noch dieselben Buchstaben, aber in anderer Reihenfolge. Wäre es dann immer noch dasselbe Buch? Substanziell gesehen? Also, wenn die Information erhalten bleibt? Dieselbe Menge Tinte, Papier, Karton und Stoff, aber … na ja, umgestellt eben. Oder wenn die Wörter sich vermischten. Ein dichtes schwarzes Loch mitten auf jeder Seite. Die Geschichte wäre immer noch irgendwo enthalten. Der Sinn könnte trotzdem noch irgendwann daraus hervorgehen. Eine Art seltener Ausfluss. Vermutlich unwahrscheinlich. Aber nicht unmöglich.»

Mrs Carter blickte sie entsetzt an.

«Ach, ich ziehe Sie doch nur auf, Mrs C.» Wieder lachte

Emma. «So funktioniert das nicht. Das könnte nie passieren. Nie im Leben! So denkt die Maschine einfach nicht.» Sie trank den Tee aus und stand auf. «Ja, in Wahrheit denkt sie überhaupt nicht. Das ist ja grade das Schöne!»

Krištof war neben sie getreten. Er beäugte den Karton, auf dem das Teeservice stand. Am Kartonrand hing ein Etikett. Mrs Carter zog daran, bis es sich mit leisem Ratsch löste, und zerknüllte es sofort.

Krištof zuckte die Achseln und ging wieder nach draußen. Emma folgte ihm leichten Schrittes.

—

Dort hatten die normalen Geräusche des Viertels inzwischen wieder eingesetzt. Emma blieb einen Moment stehen und lauschte, nahm sich diesmal die Zeit, sie alle wahrzunehmen.

Etwas Besonderes war nicht dabei. Tatsächlich bellte irgendwo ein Hund. Kleine Vögel zwitscherten. Im Gras zirpten Insekten. Verkehr rauschte in der Ferne. Alles sehr normal, dachte Emma, wobei das jetzige Dasein der Geräusche natürlich nicht bewies, dass sie auch vorher da gewesen waren. Was weiterging, war kein verlässlicher Beleg für das, was aufgehört hatte. Allerdings, falls sich tatsächlich was verändert hatte: Verrückt, wie schnell die Tiere wieder da waren, wie schnell sie den Bruch akzeptierten.

Die letzten Stücke waren jetzt verladen. Stefan wollte eben die Kammer verriegeln, als Emma die Rampe hochstieg, um die Bedieneinheit zu holen. Durch den Türschlitz warf sie einen Blick auf die Ladung und erstarrte. Fast hätte sie «Stopp!» geschrien.

Sie hatte ein Gesicht gesehen. Inmitten der Kartons und Möbelstücke. Ein menschliches Gesicht, reglos und ernst, hatte sie streng angeblickt. Doch im selben Sekundenbruchteil, in dem sie es bemerkte, hatte sie es schon als das erkannt, was es tatsächlich war: ein großes Porträt. Weiter nichts. Bloß ein altes Ölgemälde, dessen schwerer Schmuckrahmen am Rest der Ladung lehnte. Kein Fleisch und Blut, sondern Leinöl und Pigment, straffe Leinwand, Holz und Blattgold.

Schon seltsam, dass sie so etwas bei all den bisherigen Umzügen noch nie erlebt hatte. Gut aber, dass es ihr aufgefallen war, dass sie sich auf ihre Aufmerksamkeit und Reaktionsschnelle verlassen konnte. Sie grinste. Die Kollegen würden einen ganz schönen Schreck kriegen, wenn sie nach der Übertragung die Tür zur Kammer öffneten und dieses Gesicht sie wütend anblitzte.

Emma verriegelte die Kammer und ließ die Analyse laufen. Aus dem Gerät drangen die üblichen Geräusche – wie eine riesige Waschmaschine, die ihre schwere Ladung wälzte, drehte, rollte.

Ein Stück die Straße runter saßen Krištof und Stefan rauchend und plaudernd auf einer Backsteinmauer. Blaugraue Rauchfahnen stiegen in die heiße Luft, verteilten ihre feinen Partikelchen bis zur Unsichtbarkeit.

Die Analyse endete mit einem dumpfen, unschönen Knall, so, als hätte die Ladung sich nach dem Schleudergang zu einem großen kuscheligen Klumpen geballt. Emma machte sich daran, die Seiten voller Code zu sichten.

Trotz ihres routinierten Tempos und fast gelangweilt über die Zeilen wandernden Blicks, stach ihr die Anomalie sofort ins Auge. Bisher hatte sie so etwas nur in der Ausbildung gesehen und da nur simuliert, nicht echt. Doch es war so offensichtlich wie eine falschfarbige Kachel an einer Schachbrettwand. Ihr Blick blieb direkt daran hängen. Bloß Buchstaben und Zahlen, genau wie der Rest des Codes, aber doch wie ein klaffendes Loch in einem sonst makellosen Netz; wie eine Laufmasche in einer Strumpfhose; wie eine Narbe. Es ergab keinen Sinn. Hatte da einfach nichts verloren.

Emma wollte schon die Tür zur Kammer öffnen, hielt dann aber inne. Sie war neugierig. Die Maschine war sendebereit. Die Maschine fand nicht, dass etwas nicht stimmte. Die Maschine fand oder dachte überhaupt nichts. Nur Emma hatte den Fehler bemerkt, sofern es denn wirklich einer war. Was würde wohl passieren, wenn sie jetzt einfach grünes Licht gäbe? Was käme am anderen Ende an? Sie zog die Hand zurück, betrachtete die Bedieneinheit – und ließ die Analyse noch ein zweites Mal laufen.

Sie warf einen Blick zu ihren Kollegen. Die hatten sich nicht gerührt. Entweder hatten sie gar nicht gemerkt, dass die Maschine noch ein zweites Mal die Analyse gestartet hatte, oder es war ihnen schlicht schnuppe. Für die beiden kam das sowieso aufs Selbe raus; ihr Job bestand aus Be- und Entladen, was zwischendurch passierte, war nicht ihr Ressort.

Diesmal gab es keinen Knall, als die Analyse endete. Ja, sie hatte überhaupt deutlich geschmeidiger, gleichmäßiger geklungen. Natürlich spielten einem die Ohren hin und wieder Streiche. Es gab so viele überlappende, verschwimmende Geräusche, das nichts je zweimal ganz identisch klang. Emma prüfte den Code. Diesmal war er anders. Eine andere Reihenfolge. Dieselben Daten, aber weniger willkürlich geordnet, so, als hätte die Maschine ihren Inhalt besser verstanden und das Ergebnis ihres ersten Scans verfeinert. Aber so lief das nicht. Die Maschine verstand nicht. Lernte nicht. Jeder Fall war neu und einzigartig. Jeder Fall war ganz für sich allein der einzige.

Diesmal gab es keine Anomalie. Emma las die Seiten ein zweites Mal durch, aber alles war astrein. Keine Fehler. Die Analyse war makellos. Und die rote Diode an der Bedieneinheit leuchtete. Die Verbindung stand. Alles war bereit. Emma holte tief Luft. Und drückte auf Senden.

Wieder diese plötzliche Stille.

Es war wie ein kurzer Blackout. Sinn für Sinn kam Emma wieder zu sich, das Gehör zuletzt. Sie schlug die fest zugekniffenen Augen auf: Mrs Carter eilte quer über den Rasen auf sie zu, die langen, dürren Arme hoch über dem Kopf, und verzog den Mund zu stummen Formen, als versuche sie mit aller Macht, etwas zu sagen, doch ihr Kehlkopf wäre ausgestöpselt.

Dann flutete sanft der Lärm der Welt wieder heran.

«–icht senden, nicht senden! Halt! Mein Großvater!»

Mrs Carter erreichte die Laderampe, schwankte hinauf, vorbei an einer leicht verwirrten Emma, die sie nur schweigend anglotzte. «Mein Gemälde, das … das muss irgendwo da drin sein! Das darf auf keinen Fall gesendet werden!»

Schon hatte sie die Hand am Griff. Das Schloss war schnell entriegelt. Ein kurzes Schmatzen, dann schwang die große Tür an ihren mustergültig ausbalancierten Angeln auf. Doch die Kammer war leer. Alles weg. Mrs Carter starrte in das frische Nichts.

«Keine Sorge, Mrs C. Alles in bester Ordnung. Schauen Sie.» Emma trat zu ihr und zeigte ihr das Display. «Die Übertragung hat geklappt. Alles ist gut angekommen. Keinerlei Probleme. Die müssen nur noch ausladen, und … fertig, alles erledigt.»

«Aber wie sollen die das denn wissen? Wie sollen die überhaupt irgendwas wissen?» Mrs Carter schaute nicht auf das Display. Sie machte einen halben Schritt nach vorn, in Richtung der Kammer, zog den Fuß dann aber schnell zurück.

«Im Grunde ist das alles supereinfach, und wissen muss man dafür gar nichts.» Emma hielt ihr erneut das Display hin. «Sehen Sie, die Empfängermaschine analysiert ebenfalls alles, das ist Standard, und das Ergebnis geht dann automatisch hier an meine Einheit, und wenn beides übereinstimmt, können wir sicher sein, dann haben wir *Gewissheit*, dass –»

«Ach, bleiben Sie mir doch vom Leib mit Ihrer verfluchten Maschine und Ihren verfluchten Analysen und

Datensätzen und Verbindungen! Sie begreifen es einfach nicht.» Mrs Carter machte kehrt und stampfte die Rampe hinab. «Sie werden das nie begreifen. Dieses Bild war einmalig. Einmalig!»

Emma zuckte die Achseln. «Alles ist einmalig, Mrs Carter. So ist die Welt nun mal.»

Mrs Carter ignorierte den Einwand, machte nochmals auf dem Absatz kehrt und hob drohend einen Finger. «Wie können Sie nur dulden, dass ein *Kunstwerk*, etwas, das mit Sorgfalt, mit Verständnis, in lauter winzig kleinen Schritten, Schicht auf Schicht von Menschenhand geschaffen wurde, etwas, das zugleich aus Farbe und noch etwas anderem, aus einem Mehr besteht, etwas, das den bloßen Stoff des Materials ins Transzendente, Schöne, Ewige erhebt … Wie kann so was bis aufs winzigste Atom zerlegt und Hunderte von Kilometern weiter wieder zusammengesetzt werden? Wie könnte es dasselbe bleiben wie das Original? Eine Fälschung wird dadurch daraus, eine billige Kopie, eine erbärmliche *Nachahmung*.»

«Keine Kopie, nein. So geht das nicht.» Stirnrunzelnd musterte Emma die klobige Bedieneinheit. «Die Replizierung ist perfekt. Sie sagen es ja selbst: bis aufs winzigste Atom. Das ist keine Kopie, sondern das echte … Ding. Bloß eben … transportiert.»

«Nein.» Mrs Carter schüttelte betrübt den Kopf. «Nein. Jetzt ist es eine Replik. Mehr nicht. Entwertet. Hat seine wahre Perfektion verloren. Die Vollkommenheit, die genau darin bestand, dass es unvollkommen war, dass es durch Ungewissheit, durch ein Chaos aus Farben und sichtbaren Pinselstrichen zu etwas geworden war, das all den … chaotischen Handgriffen einen Sinn verlieh.»

«Wenn Sie es erst wiedersehen, wird Sie das bestimmt nicht stören.»

«Doch, denn es wird nicht mehr *er* sein. Er wird mich nicht mehr mit demselben Gesicht ansehen.» Entmutigt wandte sie sich ab. «Ich werde es wissen. Spüren. Und je weniger ich es beweisen kann, desto schlimmer wird es sein.» Sie machte sich auf den Weg zurück zum Haus. «Ein Betrug an meiner Wand, das wird er sein. Nichts weiter. Ein Hochstapler.»

Krištof und Stefan rollten bereits das Kabel ein. Emma sah ihnen einen Moment dabei zu, wie sie alles einpackten, beide ohne den leisesten Schimmer davon, was gerade passiert war. Obwohl, im Grunde war ja gar nichts passiert. Nichts Ungewöhnliches. Nach einer Weile ging Emma mit dem Papierkram ins Haus, um sich Mrs Carters Unterschrift zu holen.

Die alte Dame wuchtete gerade ein paar kleine Kisten aus dem ersten Stock herunter. Offenbar war noch eine Menge übrig. Schweigend unterschrieb sie die Papiere.

«Sind Sie sicher, dass Sie das alles schaffen, Mrs Carter?»

«Ja.»

«Wir könnten gern noch eine Ladung schicken.»

«Nein danke.»

«Würde auch nichts extra kosten.»

«Schon in Ordnung.»

«Die Jungs würden zwar maulen, aber sie würden es tun. Ich muss sie nur darum bitten.»

«Bitte, gehen Sie einfach. Sie haben schon genug angerichtet.»

Emma trat einen Schritt zurück. Zögerte kurz und zog dann ab, hörte Mrs Carter noch hinter sich murmeln.

«– besser auf die alte Weise. An der alten Weise war nichts falsch. Harte, ehrliche Arbeit. Kein Schnickschnack. Seit Hunderten von Jahren. Tausenden! Nie ein Problem gewesen –»

Der Lastwagen war bereit zur Abfahrt. Emma kletterte in die Kabine. Kristof beobachtete durchs Fenster die alte Frau, die sich damit abmühte, Kartons in den alten Kombi zu laden, dessen Heck aus der Garage ragte.

«Das schafft die nie alles auf einmal.» Kristof legte den Kopf zur Seite. «Dreimal hin und zurück, würde ich schätzen. Da ist sie verdammt lang unterwegs.»

Vorgebeugt spähte Stefan an seinem Kollegen vorbei. «Sie wird schmerzen. Sollte Sachen so nicht tragen. Verteilung von Gewicht schlecht. Schwerpunkt falsch. Alles falsch.»

«Auf der Fahrt könnte leicht mehr kaputtgehen.» Kristof ließ den Motor an. Er knurrte, dann schob sich der Laster langsam los vom Straßenrand. «Andererseits – vielleicht auch nicht.»

«Sie könnte Unfall haben. Sich brechen.» Stefan lehnte sich zurück. «Oder – vielleicht nicht.»

«Ja. Irgendwas kann immer schiefgehen.»

«Ja. So ist die Welt nun mal.»

3.
DER ERSTE, MENSCH

Ein neuer Tag brach an, und Frank war der erste Mensch, der ihn zu spüren bekam. Der Wald hinterm Haus erwachte langsam – aufsteigender Nebel, weiches, dünnes Licht und das Zwitschern kleiner Vögel –, und er war der erste Mensch, der ihn durchschritt.

Der rote Waldboden war schwammig vom langen Fall der Kiefernnadeln, angesammelt nach und nach über die Jahre, trug jetzt allerdings das gleichmäßige Stampfen von Franks Füßen. Die Spitzen eingesunkener Steine und die Kämme langsam suchender Baumwurzeln unterbrachen hier und da den klar geführten Pfad, aber Franks Laufschuhe fanden festen Halt darauf, nutzten ihre Kanten, ihre rauen Oberflächen als stabile Absprunghilfe auf dem Weg den Hang hinauf.

Franks Atmung war nicht angestrengt. Kein Schmerz in seinen Muskeln, bloß ein warmes Brennen, weil sie taten, was er wollte. Seine Schritte schlugen leise auf den Boden, unermüdlich gleichmäßig. Vor ihm trat ein junger Hirsch aus den Bäumen, und je näher er ihm kam, desto solider wurde sein Schemen im nebligen Licht. Traumverloren in der Ruhe wirkte dieser Hirsch in seiner leichtfüßigen Uneile. Seine Ohren zuckten. Er hörte das Herannahen. Hob und drehte seinen schmalen Kopf, registrierte die eifrige Entschlossenheit des Läufers.

Der Hirsch nahm Reißaus. Ein plötzliches Davonstürzen, das sich bald zu einem beherrschteren, schlaksbeinigen Trab über den Pfad beruhigte. Doch Frank blieb dem Tier auf den Fersen, sah zu, wie es seine Schritte kein bisschen geschickter als er selbst setzte, sah, wie Furcht und Verwirrung ihm durch alle Muskeln zuckten, während es unschlüssig von einer Seite des Pfads zur anderen zickzackte, das Haupt erhoben, die Ohren angelegt, bis es eine geeignete Bresche im Kieferndickicht fand und schnell hindurch und außer Sicht sprang. Frank selbst passierte diese Bresche, ohne hinzusehen, ohne abzubremsen, setzte seinen Weg quer durch den Wald fort. Ablenkungen duldete er nicht.

Auf einer steilen Böschung entwurzelten Franks Füße eine Moosmatte, rissen sie aus ihrem schwachen Halt im Boden und stießen sie den Hang hinab, doch Frank kam durch den Ausrutscher kaum aus dem Tritt. In breiten Hexenringen sprossen Pilze, wurden unter seinen Schuhen zerquetscht, ihre gummiartigen Überreste bedruckt mit deren Profil. Nichts konnte und nichts würde ihn aufhalten. Er war allem überlegen. Er war reinste Perfektion. Wahrhaft die Krönung allen Lebens. Nicht einmal Berge waren ihm ein Hindernis. Er sprang einfach hinauf. Stand auf ihren Gipfeln. Blickte die Hände in der Hüfte hinab in tiefe Täler. Atmete ruhig und selbstbewusst. Seine Augen strahlten. Seine Haut war heiß.

Er hielt inne, und die Welt tat es ihm gleich. Wartete, was er als Nächstes tat. Wartete, dass er den hohen Thron verließ und den langen Lauf nach unten antrat.

—

Als er nach Hause kam, war Kathy bereits auf und saß angezogen am Küchentisch. Sie hörte seinen tiefen, ruhigen Atem, als er sich gegen den Pfosten der Hintertür lehnte, die feuchten Laufschuhe abstreifte, sie an ihren Platz am Haken hängte und die langen, nassen Schnürsenkel in sauber parallele Linien strich, die auf die roten Fliesen zeigten.

Den Rücken zur Tür saß Kathy da, nach vorn über den Tisch gebeugt, hielt mit einer Hand eine Tasse Kaffee und blätterte mit der anderen beiläufig durch eine ihrer Zeitschriften.

«Ist es fertig?» Von seinem warmen Frühstück war zwar nichts zu sehen, doch Frank konnte es deutlich riechen.

Kathy nickte, ohne sich nach ihm umzudrehen.

«Im Ofen?»

«Mhm.» Kathy blätterte eine weitere Seite um, ohne irgendwas darauf gelesen zu haben. «Hab's warm gestellt. Mit Alufolie. Kannst es essen, wann du willst. Wie war's beim Joggen? Hast du was Schönes gesehen?»

Frank gab keine Antwort, starrte nur einen Moment lang zähneknirschend auf den Hinterkopf seiner Frau, auf das wirr mit einem roten Tuchfetzen hochgebundene Haar. Dann machte er kehrt und sprang leichtfüßig die schmale, steile Treppe rauf zum Badezimmer.

Beim Ausziehen betrachtete er sich selbst im Spiegel, sah seiner schrittweisen Entblößung zu. Sein ganzer Torso glänzte, war geschmeidig, feucht und schön. Er schämte sich kein Stück dafür, sich schön zu finden. Schließlich gab er täglich alles, um seinen Körper in Topform zu halten. Er ergötzte sich an dessen Idealzustand. Am idealsten sah er immer gleich nach seinem Morgenlauf aus, wenn die fein ziselierten Muskeln sich unter der straffen Haut spannten.

Frank ließ die Hose zu den Knöcheln gleiten. An seiner rechten Pobacke klebte eine kleine Wundkompresse: ein dickes weißes Gazerechteck, fixiert mit einem Kreuz aus halb vergilbtem Vliespflaster. Er zupfte an einer fransigen Ecke, wollte das Pflaster abziehen, doch es pappte noch fest an der Haut. Behutsam schob er einen Finger unter die Kompresse. Weh tat es darunter nicht – nicht mehr. War nicht mal mehr wund. Er stieg in die Wanne und zog den Vorhang halb zu. Drehte die Hähne auf korrekte Position und beugte sich mit geschlossenen Augen in den kalten Strahl aus der Brause, wartete mit zusammengebissenen Zähnen darauf, dass das Wasser warm wurde.

Kathy kam herein.

Frank hörte sie. Ohne die Augen zu öffnen, stand er unter der Brause wie eine Statue, ließ das heiße Wasser durch das kurze Haar und über den Körper strömen.

Kathy musterte ihn kurz, dann lüpfte sie den Rock und setzte sich neben der Badewanne aufs Klo.

«Du weißt doch, dass ich das nicht haben kann, wenn du pinkelst, während ich dusche.» Franks Augen waren immer noch zu. Er hatte sich nicht gerührt. Die Geräusche des hochklappenden Klodeckels und seiner sich setzenden Frau genügten ihm. «Wegen des Dampfs. Da vermischt sich alles in der Luft. Unhygienisch.»

«Dann hätte man das Klo halt nicht gleich neben die Wanne bauen sollen.»

«Die Position schreibt den angemessenen Gebrauch vor.» Frank seifte sich ein. «Man kann doch warten. Oder vorsorgen.»

«Wenn ich muss, dann muss ich. Und solange wir kein zweites Klo einbauen, muss ich dieses hier benutzen. Wir könnten uns locker einen Anbau leisten. Den alten Schuppen herrichten, zum Beispiel. Den benutzt du eh nie. Oder soll ich mir lieber in die Hose pinkeln?»

«Jetzt werde mal nicht vulgär. Du könntest ja auch vor die Tür gehen. Kein Problem. Da sieht dich kein Mensch. Höchstens Füchse und Elstern.»

«Na vielen Dank, jetzt kann ich nicht mehr.» Kathy beugte sich vor, bis ihre Stirn beinah die Knie berührte. «Nicht gleich.» Sie drehte den Kopf ein Stückchen, um ihn anzusehen. Kräftig war er nicht. «Du trainierst wie verrückt, aber Muskeln kriegst du keine.»

«Es geht nicht um Muskeln, es geht um –»

«Fitness.» Kathy kniff die Augen zu. «Ich weiß.»

Franks Kompresse war jetzt vollkommen durchnässt.

Er zog daran. Bezupfte zärtlich die durchweichte Gaze, seifte den Rand des Pflasters ein, ließ es an seiner Haut zerren, als es sich löste: Zum Vorschein kam darunter nach und nach ein dünner glänzender Strich Narbe.

«Was haben sie denn jetzt wieder rausgeschnitten?» Mit einem Auge linste Kathy auf die Narbe. «Welches Stückchen von dir haben sie diesmal in ihre Sammlung aufgenommen?»

«Wie, diesmal?» Frank betastete die Narbe. Verteilt über den ganzen Körper hatte er noch viele mehr. Auf dem Bauch, hoch oben auf der Brust und auf den Höckern seiner Wirbelsäule. Alle klein und unauffällig. Fast nicht zu sehen. Kleine jetzt wieder versiegelte Gucklöcher zu seinem Inneren. «Ach so, nein. Das ist schon eine Weile her. Bloß ein bisschen Haut und Fettgewebe.»

«Ich dachte, das hätten die schon. Ich dachte, die hätten schon alles rausgenommen, was –»

«Haben sie auch. Haben sie. Sie wollten es noch mal versuchen. Sehen, ob was anderes dabei herauskommt. Beim zweiten Mal, weißt du.»

«Und machen die das auch mit deiner Leber? Deinem Herz? Noch mehr Schnipselchen von dir? Um sie durch ihr albernes Gerät zu schicken?»

«Das muss eben sein.» Frank ignorierte den bitteren Tonfall seiner Frau. «Die müssen sicherstellen, dass am anderen Ende auch wirklich ich ankomme.»

«Tote Stückchen von dir, meinst du.»

«Nicht richtig tot. Die werden ja ganz frisch durchgeschickt. Sehr wichtig ist das. *Lebens*wichtig.»

«Mich erinnert das nur an diesen Goldfisch, der in seinem Glas ertrunken ist. Oder an den armen Gecko, der sich nicht mehr festklammern konnte. Was wird wohl von dir verloren gehen, wenn sie dich am Ende ganz schicken? Was wird von dir falsch ankommen?»

«Wo hast du nur diese idiotischen Geschichten her?»

«Von dir. Hast du mir selbst erzählt. Weißt du nicht mehr?»

Frank lachte. «Das war doch alles Blödsinn. Schauermärchen. Institutshumor.»

«Es klang aber ziemlich echt. Spezifisch. Nichts, was sich einer deiner Wissenschaftlerkumpels ausdenken würde.»

«Oh, diese ‹Wissenschaftlerkumpels› haben ganz schön Fantasie. Du würdest staunen.»

Frank drehte die Dusche ab. Das letzte Wasser gurgelte in den Abfluss. Kathy stand auf und spülte.

«So oder so ist die neue Methode viel effektiver.» Frank griff sich ein Handtuch. «Die benutzen jetzt frisches Ejakulat. Viel leichter zu beschaffen. Und zu analysieren. Wegen seiner Konsistenz, meine ich. Und es bleibt viel länger lebendig als anderes Gewebe. Voller Nährstoffe, weißt du? Sozusagen selbsterhaltend.»

Kathy senkte den Blick. «Bitte *was* benutzen die?»

Frank lachte erneut. «Kleine Schnipselchen von mir, genau, wie du gesagt hast. Miniaturausgaben. Ist ja vernünftig. Praktisch.» Sanft rieb er über eine seiner kleinen Narben, am Hals diesmal. «Hätten sie ruhig früher drauf kommen können.» Die alte Wunde prickelte noch etwas. «Aber egal. Ist ja nichts weiter passiert.»

«Das hast du mir gar nicht erzählt. Wie kriegen die», Kathy lehnte sich an die feuchten Kacheln, «das aus dir raus?»

«Ach, die haben da so ihre Methoden.» Frank beugte sich vor, um sich die Füße abzutrocknen, rubbelte ein Eckchen Handtuch zwischen seinen Zehen. «Läuft völlig klinisch ab. Effizient. Sauber. Ich muss im Grunde gar nichts dafür tun.»

«Du meinst, für die machst du's, aber für mich kriegst du's nicht hin?»

«Wie bitte?» Frank richtete sich auf. Stand stocksteif da und musterte sie mit zuckenden Gesichtsmuskeln.

«Na ja, ich meine nur, dass du bei mir eben nie –» Kathy blickte durchs Fenster in den Wald. «Aber mit denen, mit deinen Kumpels vom Institut, da flutscht's. Da fließt alles in Strömen. Frisch vom Fass, sozusagen. Offenbar findest du die viel –»

Franks Bewegung war flink und präzise. Sein Arm schnellte nach vorn, und er packte Kathy fest am Handgelenk. Sie setzte sich instinktiv zur Wehr, hatte aber keine Chance. Frank zog sie mit einem Ruck an sich und schleifte sie in Richtung Schlafzimmer.

«Nein!» Kathy grub die Hacken in den Teppich, kämpfte noch immer gegen den unerbittlichen Griff ihres Manns an. «Nicht jetzt! Bitte! Es tut mir leid!» Sie stemmte sich mit jedem Gramm ihres Gewichts dagegen, tat sich jedoch nur selbst weh, weil ihre Muskeln und Gelenke aneinander zerrten. «Das war doch nur ein Witz. Nicht so gemeint. Ich will nicht.»

«Spielt keine Rolle mehr.» Frank sprach leise durch halb zusammengebissene Zähne. Eine Hand an ihrem Kopf, stieß er Kathy aufs Bett, beugte sie vor, drückte ihr Gesicht in die Matratze. «Spielt keine Rolle, was du willst.» Er hob ihren Rock und zog ihr die Unterhose in die Kniekehlen. Packte sie kräftig an der Taille. «Das ist das Recht des Manns an seiner Frau. *Mein* Recht.»

Und Kathy gab den Widerstand bald auf.

Wenn sie ihn nicht sofort stoppen konnte, war es aussichtslos, das wusste sie. Wenn sie sich jetzt noch zur Wehr setzte, würde er nicht mehr bloß drücken und ziehen, um sie ruhigzustellen. Widerstand führte nur zu noch mehr Schmerzen. Sie vergrub das Gesicht in der Bettwäsche. Schloss die Augen.

«Es tut mir leid. Es tut mir leid.» Und dann gab auch ihr Körper auf. Das fand sie daran immer am schlimmsten: so die Kontrolle über ihre Körperlichkeit zu verlieren, vom eigenen Leib so verraten zu werden und zugleich so erleichtert über den Verrat zu sein. «Ich hab's nur nicht gewusst. War nicht böse gemeint.»

«Mein *Recht*! Als *Mann*!» Franks Stimme brach sich in heiserem Flüstern. Er atmete schwer, holte zwischendurch tief Luft, zeitlich abgestimmt mit seinen harten, brutalen Stößen. Präzision war wichtig. Auf Kontrolle kam es an. Kathys Proteste interessierten ihn nicht. Seine Worte halfen ihm dabei, sich zu konzentrieren. Wurden ihm zu einem Mantra. «Ein *Mann*. Hat ein *Recht*. Auf seine *Frau*. Du hast *geschworen*. *Zugestimmt*.» Doch er sprach gar nicht mit ihr. Sein Gemurmel galt nur ihm allein. Praktisch ein Selbstgespräch, um sich selbst zu überzeugen. Mit Erfolg. «Du hast es *gewollt. Gewusst.*»

Und Kathy lag ganz still. Sagte keinen Ton. Hielt sich raus aus dieser Diskussion. Sie war dabei nicht gefragt. Sie wimmerte nicht mehr. Wand sich nicht mehr. Wartete nur ab, wie jeder seiner groben Stöße ihr durch den ganzen Leib fuhr, ihr das Gesicht ins Laken presste, das sich jetzt nicht mehr weich anfühlte. Bis Franks Anstrengungen abebbten, er sich halb aus ihr zurückzog, halb einfach von ihr abfiel und neben ihr aufs Bett plumpste.

Nach einer Weile drehte Kathy sich mühsam auf die Seite. Sie betrachtete Frank, sah seine wohlige Erschöpfung, seine sich in langen, tiefen Atemzügen hebende und senkende Brust, gleichmäßig und mustergültig. Zaghaft griff sie sich zwischen die Beine. Nichts außer ihrer eigenen, kühler werdenden Feuchte. Keine Spur einer Entladung. Nicht von ihm.

Sie musterte ihn von Kopf bis Fuß, inspizierte seine Form. So war er ihr am liebsten. Schlaff. Harmlos. Beinah zart.

Früher hatte er sie noch geküsst. Viel früher. Früher hatte er sie noch wirklich gesehen, bemerkt, wie sie aussah, was sie trug, ob ihr Haar auch nur ein Quäntchen anders frisiert war. Daran, wie sie sich bewegte, wie sie dastand, wie sie sprach, merkte er ihr an, wie es ihr ging. Analysierte jede Einzelheit an ihr. Schenkte ihr dieselbe Aufmerksamkeit wie sich. Womöglich sogar mehr. Bloß durch diese Blicke, diese sorgfältige Prüfung, machte er sie richtig wahnsinnig vor Lust. Gab ihr das Gefühl, begehrenswert zu sein.

«Was die da mit dir machen.» Kathy streckte eine Hand nach ihm aus, ließ sie dann aber nur schlaff aufs Laken sinken. «Diese saubere, klinische Methode, die man da so akkurat, so effizient durchführt. Könnten die …? Könnte man das auch hier tun? Könnte man das tun, während du in mir drin bist?»

Frank drehte den Kopf zu ihr. Mit zusammengekniffenen Augen blickte er zwischen ihren Pupillen hin und her, wägte ab, ob sie das ernst meinte, ob sie wirklich diese Maßnahme vorschlug.

«Ich meine, wir könnten's uns doch leisten. Also: ein Kind.» Kathy wandte sich ab vom vermutlich angewiderten Blick ihres Manns. «Mit deinem Gehalt. Und diesem Haus. Mir würde es an nichts mangeln. *Unser* Kind. Wir würden es anständig großziehen.»

«Werden wir auch.» Frank setzte sich steif auf, blickte noch immer skeptisch, aber nicht mehr zu Kathy. «Irgendwann. Und zwar auf unsere Art. Ohne dass uns jemand reinpfuscht.»

«Aber jetzt? Wieso nicht jetzt? Bevor sie dich verschicken. Falls irgendwas … Du weißt schon.» Kathy schluckte. Sie suchte seinen Blick. «Falls doch was schiefgeht –»

Seufzend ließ Frank sich wieder aufs Bett fallen.

«Jetzt hör mal zu, Kathy. Da geht nichts schief. Was glaubst du denn, wofür die ganzen Tests gut waren? Die ganze Gewissheit? Es wird nichts passieren, was die nicht erwarten. Sonst würden die das gar nicht machen. Nie im Leben.»

Und mit diesem «hör mal zu» war Kathy klar, dass auch ihr Mann nicht völlig sicher war, dass auch er zauderte, womöglich sogar Angst hatte. Wer einen Satz so überzeugt mit «hör mal zu» begann oder mit «sieh mal» oder «pass mal auf», der hatte – ihrer Meinung nach – die Diskussion bereits verloren und glaubte selbst nicht richtig, was er sagte, versuchte, eigene Bedenken zu verbergen, indem er sein Gegenüber klein stutzte.

«Außerdem kann ich mir nicht leisten, mich von einem Kind ablenken zu lassen. Oder von einer schwangeren Frau. Ich muss in Top–»

«Ja, ja, ich weiß. Topform. Körperlich und seelisch. Keine unnötigen Sorgen, kein vermeidbarer Stress.»

Kathy wollte aufstehen, doch ihr Mann war schneller. Als könnte er ihre Absicht spüren, sprang er auf, drückte sich an ihr vorbei und eilte ins Badezimmer.

Schwupps, schon war die Tür zu. Der Riegel klickte, und kurz darauf wurde die Dusche wieder angedreht.

Kathy zog die Unterhose wieder hoch, strich ihren Rock glatt und ging hinunter in die Küche.

—

Als Frank sich wieder blicken ließ – in einem grauen Hemd mit passender Wollkrawatte, einen alten Lederkoffer in der Hand –, erwartete ihn sein Frühstück bereits auf einem blassgrünen Teller. Bacon, Black Pudding, Spiegelei und Pilze, alles behutsam mit Küchenpapier abgetupft, damit kein heißes Öl mehr daran klebte.

Kathy saß ihm gegenüber und sah ihm beim Essen zu. Er hielt den Kopf gesenkt, neigte den Oberkörper steif nach vorn über den Tisch. Sorgfältig sezierte er das Essen, schichtete Scheibchen jedes einzelnen Nahrungsmittels in vorbestimmter Reihenfolge auf die Gabel. Zwischendurch hielt er manchmal kurz inne für ein paar schnelle Schlucke Kaffee, wobei er seine Vorwärtsneigung konstant beibehielt und nicht ein einziges Mal aufblickte, bis sein Frühstück aufgegessen und der Teller so blank wie nur irgend möglich war. Bloß ein paar blasse Schlieren trübes Fett geronnen noch darauf.

Dann wurde der Teller eine Handbreit weggeschoben, der letzte Zentimeter Kaffee ausgetrunken und die Tasse abgestellt.

«Was ich mich gefragt habe.» Kathy sah ihn an, Kinn auf der Faust, die Stimme abwesend, verträumt. «Bei all diesen kleinen Proben von dir, haben die eigentlich mal eine Biopsie von deinem Gehirn gemacht?»

Frank hielt ihren Blick einen Moment. Dann beugte er sich langsam über den Tisch zu ihr. Kathy entschied sich dagegen, sich zu bewegen, ließ ihn einfach so näher kommen.

Seltsam war das: Sie sah seine Hand auf sie zu schwingen, machte jedoch keinerlei Anstalten, ihr auszuweichen. An seiner Miene musste das wohl liegen, daran, wie sich darin keine klare Absicht spiegelte. Trotz des Tempos seiner Hand glaubte Kathy nicht, dass er das wirklich durchziehen würde. Darum konnte sie, als diese Hand ihr plötzlich so fest auf die Wange krachte, dass sie fast nach hinten umkippte, als die Wucht des Aufpralls sie mit so viel Schwung zurückwarf, dass ihr Haar wild durcheinanderflog wie von einem starken Windstoß, an nichts anderes denken, als dass es überhaupt nicht wehtat. Nicht im Moment des Aufschlags. Da war der Schmerz wie aufgeschoben, abwesend. Nur die Überraschung, die war da: ihre Überraschung, das, was sich da angebahnt hatte, gar nicht richtig registriert zu haben. Darauf folgte – viel zu spät – eine Art Verwirrung, eine Art Panik, in der sie glaubte, sie müsse ganz schnell reagieren, aber keine Ahnung hatte, wie, in der sie glaubte, sie müsse ausweichen, aber nicht wusste, wohin. Dann erst jagte ihr – natürlich – der brennende Schmerz durchs Gesicht, riss ihr am Kiefer, doch sie saß einfach schockstarr da, eine Hand vor dem offenen Mund, so als wollte sie damit den Ton, jenen wohlvertrauten Schrei einfangen, der aber gar nicht kam.

Frank lehnte sich langsam zurück. «Schau mal, ich versteh nicht, warum du so zickig bist.» Er legte die Arme links und rechts von seinem leeren Teller ab. «Die haben wirklich alles durchdacht.» Eindringlich sah er sie an. Sie hatte sich nicht gerührt. Hielt sich die Hand noch immer vor den Mund. Sah ihrem Mann noch immer starr in die Augen. «Irgendeiner muss eben der Erste sein. So ist das nun mal.» Frank wandte den Blick ein wenig ab. «Und du musst langsam mal begreifen, dass die das nicht testen würden, wenn sie sich nicht ganz sicher wären.» Er ließ den Blick durch die Küche hinter ihr schweifen, suchte einen Punkt, den er fixieren konnte. «Und mit meinem Hirn ist alles bestens. Tipptopp. Die stellen mir andauernd … Rätselfragen. Jeden Tag. Testen alle naselang mein Gedächtnis. Du machst dir keine Vorstellung, wie anstrengend das ist. Aber ich pack das. Ich lass die nicht hängen. Ich *darf* die nicht hängen lassen.»

Kathy blieb noch einen Moment regungslos sitzen. Dann kam sie sanft und ruhig wieder zu Atem, und ihre Muskeln ließen locker.

Halbherzig fuhr sie sich durchs Haar, strich und tätschelte es wieder glatt, dann zog sie das schmutzige Geschirr zu sich heran und trug es zur Spüle, wandte ihrem Mann den Rücken zu.

«Wann geht's denn los?»

Frank blickte sich auf die Hände. Zupfte an seinen Fingernägeln. «Die holen mich in einer Stunde ab.»

«Ich meine, wann musst du in den Apparat?»

Frank runzelte die Stirn. «Na morgen. Sofern wir grünes Licht kriegen.»

«Ich meine die Uhrzeit.» Kathy ließ heißes Wasser in die Spüle laufen, kippte mehr Spülmittel als nötig hinein und rührte es um, bis die grünen Fäden sich vollständig aufgelöst hatten. «Ich will dann wach sein. An dich denken.»

«Oh.» Da musste Frank kurz überlegen. «Gegen Mittag. Wahrscheinlich. Vielleicht früher. Aber sicher nicht später. Auf die genaue Uhrzeit kommt's nicht an. Bloß darauf, dass die so weit sind. Das ist der Knackpunkt. Wenn die glauben, dass –»

Er faselte noch eine Weile weiter, doch Kathy hörte nicht mehr zu. Sie versenkte schmutziges Geschirr im Spülwasser. Tauchte die Hände in die heiße Seifenlauge, schrubbte all das Fett ab und die salzig schwarzen Flecken.

Ein irrsinnig einfaches System. Die Teller kamen schmutzig rein und – mithilfe von ein wenig Hitze und Reibung – sauber wieder raus; der ganze Dreck blieb einfach im Wasser. Als der Schaum sich auflöste, konnte sie den Dreck sogar sehen. Die hellen Fettblasen, die schillernd unterhalb der Oberfläche schwebten. Dann ein kleiner Zug am Kettchen, und schon war der Stöpsel raus, und der ganze Schmutz wurde durch das kleine schwarze Loch gesaugt. Kinderleicht. Aus den Augen, aus dem Sinn.

—

Am frühen Abend des folgenden Tages brachten sie Frank zurück.

Das Küchenfenster stand offen, und drinnen war es kühl, doch Kathy saß reglos am Tisch, den Blick auf nichts Besonderes gerichtet, bloß auf die grobe dunkle Maserung des Holzes, auf die Spritzer namenlosen Schmutzes auf den Fensterscheiben.

Sie war müde. Sie trug ein altes Kleid aus dickem und bequemem Stoff, ein blauer Schal lag ihr locker um die Schultern.

Nicht einmal, als sie das Auto auf der langen Einfahrt hörte, rührte sie sich auch nur einen Millimeter.

Sie hörte, wie es mit tuckerndem Motor vor dem Cottage anhielt. Hörte Türen aufgehen und Füße auf dem Kies knirschen. Geplauder. Ihr Mann, der sich verabschiedete, ächzende Türen, ein Motor, der erst langsam lauter wurde und dann wieder leiser und schließlich gar nicht mehr zu hören war.

Erst das Klopfen an der Hintertür ließ Kathy aufblicken, ihre Aufmerksamkeit auf etwas anderes richten als auf den leeren Raum vor ihr.

Früher hatte Frank immer geklopft, bevor er reinkam. So eine Eigenart von ihm. Einfach aus Höflichkeit. Inzwischen hatte er das seit Monaten nicht mehr getan, vielleicht sogar seit Jahren. Doch als die Tür jetzt aufging und er in der Tür auftauchte, davon umrahmt, an die Zarge gelehnt, da trat er nicht ein, nicht gleich, fast so, als warte er auf etwas, vielleicht auf ihre Erlaubnis.

Aber Kathy blieb sitzen, wartete selbst, und als ihre Augen seinen Schemen schärfer erfassten, sah sie, dass er lächelte. Nicht bloß lächelte, sondern strahlte. Langsam stand sie auf. Sie zitterte.

Frank trat ein, und Kathy konnte sich einen kurzen Japser, fast schon einen Ausruf, nicht verkneifen. Er war schön. Und als er näher kam, roch sie ihn auch. Seine Frische. Die natürliche Fülle seines Dufts.

Er nahm ihre Hände. Hob sie hoch. Küsste sie.

«Möchtest du –?» Kathy wandte sich von seiner Perfektion ab, blickte zur Küchenzeile. «Möchtest du was trinken? Was darfst du denn? Einen Tee? Ich mach dir alles, was du willst. Wie wär's mit einem Sandwich?

Hast du Hunger? Möchtest du dich hinlegen? Gibt es … irgendwelche Vorschriften? Oder vielleicht erst mal nur den Tee.»

Frank nickte. Seine Augen funkelten. Er ließ sich zu einem Stuhl führen. Kathys Hände ließ er nicht gleich wieder los, sodass sie sich selbst aus seinem sanften Griff befreien musste. Er hielt die Hände weiter in der Luft, und Kathy drückte sie behutsam auf den Tisch. Frank leistete keinen Widerstand.

Kathy drehte sich um und setzte das Wasser auf, spürte dabei aber ständig seine Blicke auf ihr. Er betrachtete sie ganz genau. Nahm sie unter die Lupe.

«Das Kleid steht dir gut.»

«Ach, das alte Ding.»

«Es fällt schön an der Hüfte. Betont deine Figur.»

Kathy blickte kurz zur Decke, ehe sie sich umdrehte und die Hände auf die Arbeitsplatte hinter sich stützte. Wenn sie ihn jetzt ansah, sah sie nicht ihren Mann. Sie sah einen jüngeren, der seine Gestalt angenommen hatte. Einen heiteren und kindlichen Mann, den sie früher einmal gut gekannt hatte.

Sie versuchte zu lächeln.

«Erzählst du mir, was passiert ist?»

«Aber gern.» Frank lächelte zurück, und sein Lächeln war echt. Breit und ungezwungen. «Die haben mich zerlegt. Also, die Maschine. Die hat mich zerlegt. Bis aufs kleinste Atom. Vielleicht sogar noch weiter. Wer weiß das schon?» Er lachte kurz. «Ich war jedenfalls in einer versiegelten Kammer, und die Wände, dieses Licht …

Irgendwas hat mich zerlegt. Völlig aufgelöst. Und dann, im selben Augenblick, wieder zusammengesetzt. Und ich hab es gar nicht gemerkt. Nicht gleich. Ich wusste nicht, ob es geklappt hatte. Mir kam es vor, als stünde ich noch an Ort und Stelle. Stand ich aber nicht. Zusammengesetzt wurde ich nämlich woanders. In einer anderen versiegelten Kammer. Genau wie die erste, bloß ein paar Meter entfernt. Und es hat perfekt funktioniert. Einfach so. Hat mich perfekt wieder zusammengesetzt. Ohne Fehler. Genau so, wie es sein soll.»

Kathy klammerte sich noch fester an die Arbeitsplatte, was Frank bemerkte. Sein Blick sank, sein Lächeln verblasste. Er stand auf. Ging mit schnellen Schritten auf sie zu und nahm wieder ihre Hände, strich die Anspannung heraus und zog sie sanft an sich.

«Schau mich an, Kathy.»

Und sie schaute ihn an.

«Hör auf meine Stimme.»

Und sie hörte.

«Bin ich jemand anders? Könnte ich ein anderer sein?»

Kathy schüttelte den Kopf. Blickte wieder zu Boden. Sie wollte ihn umarmen und an sich drücken. Zumindest dachte sie darüber nach, stellte es sich vor, die Bewegung, das Gefühl. Doch Frank lachte auf einmal lauthals los und trat von ihr zurück.

«Oh, aber ich hab die ganz schön erschreckt!» Er setzte sich wieder an den Küchentisch, erzählte mit leuchtenden Augen. «Als ich rauskam. Als sie die Tür aufgemacht haben, ha, da hättest du die aber mal sehen sollen! Überall war Blut! Auf meinen Lippen, meiner Brust. Eigentlich auf meiner ganzen Vorderseite. Ich war natürlich etwas durcheinander, mir war schwindlig, also hatte ich das gar nicht gemerkt. Und in dem Moment hatte ich alle Hände voll damit zu tun, mich halbwegs auf den Beinen zu halten. Das war das Einzige, woran ich dachte. Bloß stehen bleiben. Am Ende war es nur Nasenbluten. Weiter nichts. Du weißt ja, dass ich das früher oft hatte. Als ich noch jung war. Ein gutes Zeichen, haben wir da immer gesagt. So gesund, dass das Leben förmlich aus mir raussprudelt. Aber das wussten die natürlich nicht. Blut ist Blut. Die dachten, mir sei was Schlimmes zugestoßen. Aber nix da, bloß ein bisschen Nasenbluten. Die Aufregung, schätze ich mal. Ich war ja so nervös. Konnte nicht anders. Aber Blut hab ich genug. Jede Menge! Auf ein bisschen kann ich leicht verzichten.»

Der Wasserkocher brodelte, fing an zu pfeifen. Kathy stellte ihn ab, machte aber keine Anstalten, den Tee aufzugießen.

«Und die haben dich auch richtig untersucht?»

«Selbstverständlich.»

«Gründlich? Auf Herz und Nieren?»

«Ja!» Frank strahlte wieder. «Mir geht's gut. Wirklich. Könnte nicht besser sein.»

«Und ... musst du bald wieder da hin?»

Frank runzelte die Stirn, aber das Lächeln blieb. «Weißt du doch.»

«Und dann wirst du wieder durchgeschickt?»

«Das ist der Plan. Das war ja nur der erste Test. Was

wäre das denn für eine Versuchsreihe, wenn die das nur ein Mal ausprobieren würden?»

«Aber du musst nicht, oder? Könntest Nein sagen? Behaupten, dass es dir nicht gut geht? Dann würden sie dich ja wohl nicht zwingen. Könnten sie gar nicht.»

Frank sah sie fragend an. «Aber mir geht's ja gut. Also, zumindest ganz bestimmt nicht schlecht. Und ich kann die ja schließlich schlecht anlügen –»

«Ich will nicht, dass du das noch mal machst.»

Eine Pause.

«Aber, Schatz, ich muss, das weißt du doch. Ich muss.» Wieder trat Frank auf sie zu, legte ihr die Hände auf die Hüften. «Das wäre sonst nicht fair. Die haben so viel in mich investiert. In uns. Ich will nicht, dass du dir Sorgen machst, aber ich kann mich nicht einfach weigern. Wie sollte ich denn –?»

«Wann musst du?» Dringlichkeit lag in Kathys Stimme und ein nervöses Zittern. Sie schluckte. «Da wieder durch, meine ich.»

«Planmäßig erst nächste Woche.» Frank überlegte. «Vielleicht auch schon früher. Ich werde mal fragen. Aber wieso? Was ist dir denn nur über die Leber gelaufen?»

«Ich … Ich weiß nicht. Es ist nur –» Kathy drehte sich um. Starrte auf die Fliesen. Das blitzende Weiß. «Wahrscheinlich gar nichts.» Sie stellte den Wasserkocher wieder an. Sofort brodelte das Wasser. «Wahrscheinlich macht es keinen Unterschied.» Bald ertönte abermals der Pfiff. «Hat sicher noch Zeit.»

4.
TRIAL & ERROR

Der Zaun war drei Meter hoch. Die schmalen Pfosten bestanden aus verzinktem Stahl. Entlang der Oberseite schlang sich federnder Klingendraht.

Gegenüber des Zauns fiel eine steile Böschung ab zu einer Betonrinne. Die Rinne war gesäumt von struppigen Bäumen und Büschen, deren langsam vordrängende Wurzeln hier und da durch den Beton drückten.

Jenseits der Böschung, jenseits des Waldstreifens und des dornig wuchernden Unterholzes dahinter lag eine Wohnsiedlung. Von dort schlenderten stumm zwei Kinder auf den Zaun zu, ein Junge und ein Mädchen.

Es war frühmorgendlich hell. Die Luft war noch kühl von der klaren Nacht. Im Gänsemarsch stapften die Kinder über einen Trampelpfad quer durch den Wald und durch die Büsche. Ihre billigen Leinenschuhe waren bald verdreckt. Ganz vorsichtig kletterten sie nacheinander die Böschung hinab, denn sie hatten etwas bei sich, das schon beim kleinsten Sturz zerbrechen könnte, etwas Fragiles, das sie sich einmal hin und her reichten, als sie sicher unten in der Rinne standen.

Zum Klettern war der Zaun zu hoch und zu gefährlich, aber um die Unterseite hatte sich schon lange keiner mehr gekümmert. Hier und da war der Beton verwittert, und an der Stelle, die die Kinder jetzt anpeilten, klaffte ein Loch, ein enger Durchlass, einst von Kaninchen vorgebuddelt und dann über die Jahre von größeren Tieren verbreitert. Vorsichtig krabbelten die Kinder mit ihrer empfindlichen Last hindurch und kamen, sich Erdkrumen von den Klamotten wischend, am Rand des stillgelegten Flugplatzes heraus. Ein kleines Flugzeug ruhte in den Händen des Mädchens; und die Flügel streckten sich ungeduldig in die kühle Morgenbrise.

Das Mädchen hieß Anita. Sie war ein Jahr älter als der Junge. Und größer. Ihr Haar war lang und schwarz und fein, und als die zwei den leeren Platz betrachteten, wehte es ihr ums Gesicht.

Der Junge hieß Lochan. Sein Haar hätte genau wie ihres ausgesehen und geweht, hätte man es nicht so kurz geschnitten, dass es ihm borstig vom Kopf abstand. Die Hände in den Hosentaschen lauschte er auf die Geräusche von den fernen Flughafengebäuden, auf den Straßenlärm dahinter, auf das Scheppern und Klirren der Bauarbeiten und auf die vereinzelten Fetzen von lauten Stimmen und Warnsignalen, die der Wind herbeitrug.

Besonders aufmerksam spähten die beiden Kinder zu dem großen grauen Kontrollturm mit seiner Krone aus schrägen Panoramafenstern. Sie hielten Ausschau nach Bewegungen, nach kleinen, schemenhaften Strichmännchen hinter den blaugrünen Scheiben. Nichts. Also zogen sie weiter übers nasse Gras bis zum nächstgelegenen Stück Piste, etwa hundert Meter vom Zaun entfernt.

Das Flugzeug wippte in Anitas Händen, fing jedes bisschen Auftrieb ein. Es war ein simples, spindeldünnes Ding, mit einem schlanken Balsastab als Rumpf und Flügeln aus bemaltem Styropor. Zwei mit steifem Draht befestigte Räder dienten als Fahrwerk. Längs der Unterseite, von einem Haken am Heck zu dem großen roten Plastikpropeller an der Schnauze, spannte sich ein langes schwarzes Gummiband. Auch der Propeller fing den Wind ein, zuckte im Luftstrom, wurde aber von dem leicht gespannten Gummi daran gehindert, sich richtig zu drehen.

Die Piste war völlig verfallen. Gelbe Unkrautblüten sprengten den Asphalt. Kaninchen durchstreiften die links und rechts angrenzenden Grünstreifen auf der Suche nach Löwenzahn, hoppelten jedoch eilig davon, als sie die Kinder kommen sahen.

Das Flugzeug in der Hand ging Anita in die Knie und zog den Propeller auf, legte den Kopf dabei zur Seite, damit ihr Haar sich nicht in dem simplen Mechanismus verhedderte.

«Du bräuchtest eine Spange oder ein Haargummi.» Gespannt beobachtete Lochan die Aufziehprozedur, sah zu, wie das Gummiband immer engere Wellen schlug.

«Ich weiß.» Anita blickte nicht auf. «Hab schon geschaut, aber ich hab nur das Ersatzgummi fürs Flugzeug dabei.»

«Wie wär's mit einer Schnur?»

«Hast du denn eine Schnur?»

Lochan überlegte. «Höchstens einen Schnürsenkel. Oder Moment, warte.» Er schob die Hand in die Hosentasche und zog ein gefaltetes Stück Stoff hervor. «Wie wär's damit?»

Anita hielt beim Aufziehen inne und beäugte das blassblaue Taschentuch, das er vor ihr entfaltete.

«Ist das denn sauber?»

«Ich benutz es nie.» Lochan streckte es ihr hin. «Immer dabei, noch nie benutzt.»

«Okay. Aber mach du.» Anita zog weiter auf. «Nur nicht zu fest, ja?»

Lochan trat hinter sie, bückte sich ein wenig, um ihr Haar zu greifen, sammelte die losen Strähnen ein, die ihr ins Gesicht hingen. Als er das Taschentuch zu einem einfachen schludrigen Knoten band, der seiner Meinung nach gut halten würde, zuckte Anita etwas zurück, sagte aber keinen Ton.

Ein lockerer Pferdeschwanz floppte Anita in den Nacken. Zufrieden mit seiner Arbeit spähte Lochan noch einmal zu den Flughafengebäuden. Der Vormittagsbetrieb hatte inzwischen zugenommen. Der Verkehrslärm war jetzt lauter, es wurde gehupt, und Motoren hallten durch dunkle Parkhausebenen.

Auf der anderen Seite des Flugplatzes wurde noch ein Parkhaus gebaut. Dort standen Kräne. Man hörte dumpfes, tiefes Scheppern, als ließe jemand tollpatschig riesige Gegenstände fallen. Ein Geräusch wie schwere Ketten, die alle gleichzeitig geschüttelt wurden. Und hinter alledem funkelten Autos langsam über die zweispurige Fahrbahn.

«So, das müsste reichen.» Anita hielt das Flugzeug hoch, das Gummiband war nun eine eng gewundene Spirale unter dem Rumpf. «Was meinst du?»

Lochan zuckte die Achseln. «Keine Ahnung. Hab's bisher nur in meinem Zimmer ausprobiert. Gerollt ist es zumindest, aber immer gleich gegen die Wand. Richtig geklappt hat es noch nie.»

Anita stellte die Maschine auf den Asphalt, ließ gleichzeitig den Rumpf und den Propeller los und trat schnell ein paar Schritte zurück. Die surrende Kraft des roten Plastiks brachte das Flugzeug rasch auf Touren, und es holperte und hüpfte mit einigem Tempo über die rissige Startbahn. Leicht wirkte es schon, wie es da so im Bodenwind lag, aber von Auftrieb keine Spur, und nach gut zehn Metern blieb es stehen.

Die Kinder sagten keinen Ton. Sie schlenderten bloß dem Flugzeug nach und hoben es auf. Inspizierten es, drehten es um, untersuchten die Räder. Dann zog Lochan es auf. Er wollte die Propellerblätter ganz schnell drehen, rutschte dabei aber immer wieder ab, und der Propeller schnurrte in den Ausgangszustand. Jetzt wurde ihm klar, wieso Anita so lange gebraucht hatte. In der Ruhe lag die Kraft. Nach und nach zwirbelte das Gummiband zu Wellen, und die Wellen rückten immer enger aneinander, bildeten eine dichte Gummidoppelhelix, in der die Kraft zum Fliegen saß. Erst als hässliche Knötchen auf dieser

Perfektion sprossen, hörte Lochan auf. Besser nicht übertreiben.

Der Wind war abgeflaut. Prüfend hielt Anita eine feuchte Fingerspitze hoch. Diesmal stellten sie das Flugzeug gegen den Wind auf. Erneut hoppelte es auf wackeligen Rädchen davon. Aber diesmal fand es Auftrieb. Kurz hob es richtig ab und schaukelte ein wenig in der Luft, bevor es wieder sanft aufsetzte und der Rest der aufgedrehten Energie am Boden verpuffte.

Lachend warf Anita sich die Hände vor den Mund. Lochan grinste. Schnell liefen sie los, um die Maschine nach diesem ersten erfolgreichen Flug zu bergen.

«Wir brauchen irgendwie mehr Schwung.» Anita musterte das lockere Gummiband.

Lochan nickte eifrig. «Könnten wir nicht beide Gummis gleichzeitig nehmen?»

«Glaub ich nicht. Die würden sich bestimmt verheddern oder so. Und wenn sie kaputtgehen, haben wir gar nichts mehr.»

Sofort begann sie wieder, das Flugzeug aufzuziehen.

Lochan hatte nichts einzuwenden. Sie mussten mit dem auskommen, was sie hatten. Schritt für Schritt voranschreiten. Zu viel auf einmal zu wollen, konnte in einer Katastrophe enden.

Erneut schepperte es auf der Baustelle, gefolgt von dumpfen Rufen. Lochan blickte hoch zum Kontrollturm. Der sah auf einmal viel beeindruckender aus. Er linste zurück zum Loch unter dem Zaun. Er fühlte sich wie auf dem Präsentierteller. Aber bislang war ja nichts passiert.

Niemand hatte sie angeschnauzt oder verjagt. Sogar die Kaninchen wagten sich inzwischen still und heimlich wieder auf das weiche Gras neben der Piste.

«Früher war das streng verboten, ohne Erlaubnis einen Flugplatz zu betreten.»

«Ich weiß.» Anitas Blick blieb fest auf den Propeller gerichtet. «Ist es wahrscheinlich immer noch. Privatgrundstück und so, weißt du?»

«Und wenn man dabei erwischt wurde, wie man unerlaubt darauf herumrannte, konnte man erschossen werden.»

Anita nickte. «Hat mein Dad mir auch erzählt.»

«Glaubst du, die haben von dem Turm da geschossen?»

Anita zuckte die Achseln. «Kann schon sein.»

«Aber, also, hatten die da oben einen Scharfschützen? Glaubst du, das war der Job von einem von denen?»

Anita hielt einen Moment inne, blickte in den Himmel. Der war ausgesprochen blau. Keine Spur von Wolken. Oder Vögeln.

«Dafür waren bestimmt die Sicherheitsleute zuständig.» Sie drehte weiter. «Nicht die Fluglotsen.»

«Und hat dein Dad … Musste der selber mal …? Oder hatte der gar kein Gewehr?»

«Glaub nicht. Erzählt hat er's zumindest nie. Ich glaub, so war das gar nicht. Zumindest bei seiner Arbeit. Und jetzt ist's auch nicht so. Bloß Kontrollen und so weiter. Aber trotzdem wichtig.»

«Ich weiß. Falls jemand versucht, eine Bombe durchzuschicken.»

«Ja. Aber in echt würde das eh nie klappen. Dad sagt, das schafft keiner. Mum auch. Sogar, wenn einer wirklich so weit kommen würde. Also wirklich *rein*. Es würde nicht klappen. Ich hab aber nicht richtig kapiert, wieso nicht.»

Lochan nickte. Spähte die Startbahn hinab. Es sah aus, als böge sie sich am Ende leicht nach oben, fast wie eine kleine Rampe. Vielleicht nur eine optische Täuschung. Es war ziemlich weit weg.

«So viel Platz hier. Ganz schöne Verschwendung, oder? Da könnte man doch irgendwas drauf bauen. Einen Bikepark oder ein paar Cricketplätze.»

«Wahrscheinlich verboten. Sicherheitsrisiko.»

«Wie jetzt? Weil ein Cricketball durchs Terminalfenster krachen könnte, oder was?»

«Na ja, ja, vielleicht.» Anita blickte ihn ernst an, drehte dabei aber pflichtbewusst weiter den Propeller. Inzwischen hatte sie den Bogen raus. Immer schön gleichmäßig. Den Finger nicht zu dicht an der Mitte, aber auch nicht zu nah an den Blattspitzen. «Aber eher wegen der vielen Leute. Zu viele, zu nah an den Gebäuden. Das muss ja alles überwacht werden. Genau beobachtet. Bestimmt wissen die sogar, dass wir jetzt gerade hier sind.»

«Ja, bestimmt.»

«Und wahrscheinlich juckt es sie gar nicht, weil wir ja bloß zwei Kinder sind, und die haben ihre riesengroßen Ferngläser und sehen sicher, dass wir nicht gefährlich sind. Kein Sicherheitsrisiko eben.»

«Und selbst wenn, was sollten die schon –?» Plötzlich

packte Lochan Anitas Handgelenk. «Hey, pass auf! Nicht so doll!»

Anita blickte auf die Knötchen, diese hässlichen schwarzen Knötchen, wo das Gummiband sich um sich selbst gewickelt hatte. Trotzdem hatte sie den Eindruck, das Band vertrage noch mehr Spannung. Also drehte sie weiter, grinste Lochan schelmisch an.

«Ah, das ist der Trick!» Aufgeregt sah der Junge ihr zu. «Wir waren zu vorsichtig. Es braucht einfach bloß mehr! Mehr, mehr, mehr!»

Die Knötchen bildeten sich erst an einzelnen Stellen auf dem Band, verteilten sich aber bald über dessen gesamte Länge und sahen überhaupt nicht mehr hässlich aus. Sie hatten eine eigene Regelmäßigkeit, formten identische Belastungsmuster, bis schließlich das ganze Band aussah wie eine doppelte Spirale. Eine spiralförmige Spirale. Als hätte es endlich seine wahre Struktur gefunden.

Behutsam stellte Anita das straffe Ensemble auf den Boden, blickte immer wieder auf und korrigierte minimal die Ausrichtung des Flugzeugs. Dann ließ sie los, riss geschickt beide Hände zugleich hoch, aber ob es nun am Wind lag oder doch an zu viel Spannung im Gummi, das Flugzeug hob nicht ab. Eine Weile rumpelte es über den unebenen Boden, dann kippte es vornüber auf den Propeller und drehte sich wirbelnd auf den Rücken, wollte wütend surrend die letzte Energie aus dem Gummiband entladen.

Lochan rannte schnell hinüber und blockierte mit dem Finger die Propellerblätter. Es tat nur ein kleines bisschen weh. Die Maschine kam zur Ruhe, fügte sich gehorsam.

«Das liegt an dem holperigen Boden.» Anita stampfte auf den Asphalt. «Für Jumbojets mit ihren riesigen Gummireifen war das bestimmt kein Problem. Die haben von den vielen Hubbeln wahrscheinlich nicht mal was gemerkt.»

Lochan nickte. Er hatte sich schon wieder an den langen Aufziehvorgang gemacht. «Wie eine Ameise im Sand.»

«Wie *was*?»

«Na, so, wie uns der Sand am Strand ganz fein und weich vorkommt, aber für eine Ameise oder einen Käfer ist er quasi eine Felswüste. Genau so geht es unserem Flieger mit den Hubbeln.»

«Ah, ja, stimmt.»

Und das Aufziehen ging weiter.

Anita beobachtete aufmerksam, wie Lochans Finger den Propeller zwirbelte und das Gummiband sich knautschte, so als wäre das der wichtigste Moment von allen, als könnte Lochan das irgendwie verbocken, als hinge absolut alles ganz allein von dieser ruhigen, akkuraten Vorbereitung ab.

Lochan dagegen sah gar nicht richtig hin, ließ den Blick stattdessen aufwärts und über den Flugplatz schweifen. Die Sonne wärmte den Morgen. Der Tau schimmerte silbrig auf den weiten Grasflächen, und glitzernd verdampften seine Tropfen, schmolzen langsam dahin und hinterließen nur saftiges Grün.

«Ich dachte immer, die würden das bestimmt verkaufen.» Mit großen Augen sah der Junge in die nahe Ferne. «So viel Land. Da könnte man doch Häuser bauen. Massenweise. Stell dir mal vor, wie viele Leute hier wohnen könnten. Alle zusammen.»

«Machen die aber nicht.» Anita juckte es in den Fingern, Lochan das Flugzeug aus der Hand zu nehmen. Nicht dass er es schlecht aufzog, aber sie konnte es trotzdem besser. «Dad meint, da wird noch mehr gebaut. Terminals, Parkhäuser und so. Was man für den Telehafen eben braucht.»

«Neue Anlagen.» Lochan nickte, schaute immer noch versonnen in die Weite. «Ein Hotel, vielleicht. Für die Passagiere.» Er sah Anita an. «Würdest du das denn benutzen, eigentlich?»

«Quatsch. Ich wohn ja gleich dahinten.»

«Nicht das Hotel. Den Telehafen. Das Netzwerk.»

«Ah.» Anita dachte nach. «Nee. Zu teuer.» Sie schniefte, rieb sich mit dem Handrücken die Nase. «Wo sollte ich auch hin?»

«Aber deine Eltern arbeiten da *beide*!»

«Na und? Deshalb kriegen wir noch lange keine Freikarten.»

«So teuer kann das doch nicht sein, oder? Ich meine, was kostet das denn? Also, wie viel Energie verbraucht es?»

Anita zuckte die Achseln. «Dad meint, irgendwann wird's billiger. Aber mit der ganzen neuen Ausrüstung und der Security und so … Angeblich soll das ja superschnell gehen, aber die Warteschlangen sind endlos. Mum meckert ständig darüber.»

«Und stimmt das, dass man nackt sein muss? Damit die einen durchschicken können, mein ich?»

«Ja, das stimmt.» Anita nickte. «Das ist Mums Job. Sie kümmert sich um die Leute, bevor sie verschickt werden. Erklärt ihnen, wie's funktioniert. Die Sicherheitsmaßnahmen. Was auf sie zukommt. So was alles. Den ganzen Tag muss sie das immer wieder runterbeten. Sogar für die, die das schon x-mal gemacht haben. Geschäftsleute und so. Ist eben Gesetz. Findet sie total öde. Und trotzdem muss sie immer lächeln. Den lieben langen Tag. Aber ja, ich weiß schon, was du meinst, ich hätte auch keine Lust, mich vor fremden Leuten auszuziehen.»

«Aber vor deiner Mum? Da wär's doch okay, oder?»

«Wie kommst du denn darauf? Würdest du dich denn gern vor meiner Mum ausziehen?»

Lochan schluckte und blickte auf das Flugzeug. Ohne es zu merken, hatte er zu drehen aufgehört. Jetzt ging er mit frischem Schwung ans Werk. Anitas Mum war ziemlich hübsch. Und es war nun mal ihr Job.

«Aber wenn's ja alle machen? Also auch alle anderen? Wenn's, ähm, ganz normal ist? Wie zum Arzt gehen oder bei einer OP bewusstlos sein, während fremde Leute in einem rumstochern? Dann wär's vielleicht okay. Das mit dem Nacktsein, meine ich. Was den Rest angeht, da weiß ich auch nicht. Ich hätte schon Angst, glaub ich. Also, dass vielleicht irgendwas … na ja … verloren geht.»

Anita lachte schnaubend. «Wie, deine Eier, oder was?»

Lochan lachte nicht. Er wurde rot, aber zugleich wallte ein bisschen Erregung in ihm auf, so, als würde der Gedanke ihn doch irgendwie anmachen. Oder vielleicht nicht der Gedanke selbst, sondern nur, wer ihn dachte.

«Nein. Ich meinte eher … einen Finger, zum Beispiel.» Zur Verdeutlichung hielt er das Flugzeug hoch, das er noch immer unablässig aufzog. Komisch fühlte sich das an, wie die dünnen Propellerblätter ihm über die Haut rotierten, ohne sie dabei je anzuritzen. «Bloß den kleinen – bei der Ankunft einfach weg, so quasi … beim Zusammenbauen vergessen.»

Anita sah ihn skeptisch an. «Ich glaub nicht, dass das passieren kann.»

«Klar kann das passieren.»

«Theoretisch schon, okay, aber selbst dann –»

«Na, wenn's theoretisch passieren könnte, könnte es auch praktisch passieren.»

«Glaub ich nicht.» Anita runzelte die Stirn, presste die Lippen aufeinander. «Das wär ja ein Datenverlust. Und die Daten bleiben immer erhalten. Alle. Die können ja nicht einfach aus den Kabeln tropfen.»

«Aber ein Teil der Daten könnte darin hängen bleiben. Alles erhalten, bloß kommt es nicht raus. Ein Rest in der Leitung. Der bis in alle Ewigkeit rund um die Welt saust.»

Anita dachte nach. «Davon habe ich noch nie was gehört. Das hätten wir doch mitgekriegt. Würde in jeder Zeitung stehen.»

«Das würden die doch garantiert vertuschen. Die würden ja sofort merken, wenn ein Stück von dir fehlt. Und dann würden sie dich schnell beiseitenehmen und dir einen Haufen Kohle geben, damit du nichts ausplauderst.»

«Hm, ja, kann sein.» Anita grinste. «Wär vielleicht gar nicht mal so schlecht! Nie wieder arbeiten und so. Nur noch das Leben genießen. Und man muss nur 'nen kleinen Finger dafür opfern.»

«Oder einen Zeh. Den braucht man noch weniger.»

Ungeduldig hatte Anita den Fortschritt beim Aufziehen beobachtet. Jetzt nahm sie Lochan das Flugzeug einfach aus der Hand. Er überließ es ihr gehorsam, hielt bei der Übergabe nur gut den Propeller fest.

Anita hatte den nächsten Flugversuch gründlich durchdacht. Sie hatte eine Idee. Sie hielt den Flieger schulterhoch und wartete auf einen windstillen Moment. Dann nahm sie die Hand vom Propeller, rannte ein paar Meter über die Piste und entließ das Flugzeug mit einem leichten Schubser in die Luft.

Diesmal flog es richtig. Herrlich flog es! Und auch nicht bloß geradeaus: Still sahen die Kinder zu, wie der sich erbittert drehende Propeller den kleinen Apparat in eine sanfte Kurve zog, wie der Flieger in der Brise immer wieder Auftrieb fand. Sie konnten gar nicht fassen, wie lang sich der Propeller drehte, wie viel Kraft das viele Aufziehen in ein simples, langes schwarzes Gummiband gepackt hatte. Und als diese Kraft verbraucht war, ging ihr Fluggerät in einen sanften Sinkflug über und landete mit der Nase voran im kurzen, feuchten Gras neben der Landebahn.

Die beiden liefen hin, um es zu bergen. Überprüften es auf Schäden. Zogen es sofort wieder auf. Diesmal übernahm Anita gleich von Anfang an diese entscheidende Aufgabe.

«Wow, das war mindestens eine Minute!»

«Nee, das kam dir nur so vor.»

«Aber es war schon echt lange in der Luft.»

«Ja, aber 'ne Minute ist viel länger.»

Lochan verstummte eine Weile, zählte im Kopf nach.

Schließlich nickte er selbstsicher. «Fünfzehn Sekunden, würd ich sagen, oder?»

«Ja, kommt hin. Das ist jetzt der Rekord, der wird beim nächsten Flug gebrochen.»

«Den müssen wir dann aber richtig stoppen.»

«Genau und dann den nächsten Rekord brechen.»

«Genau.»

Beide konzentrierten sich aufs Aufziehen, Lochans Blick genauso achtsam wie Anitas Drehen. Das war wichtig. Der Teil der Prozedur, in dem nicht viel passierte, von dem aber alles abhing.

Bis Lochans Blick vom Flugzeug auf den Boden streifte.

Inzwischen standen sie auf einem Stück der Piste, das man anscheinend erst kürzlich ausgebessert hatte: Ein langer, breiter Streifen glatter Asphalt zog sich wie ein Flicken über die Bahn, von einer Grasnarbe zur anderen. Links und rechts davon wuchs auch das Gras anders, erstreckte sich in derselben schnurgeraden Linie quer über den Flugplatz.

«Aber, ähm, wenn die Daten echt erhalten bleiben …»

Lochan folgte der Linie mit den Augen bis zum Terminal. «Also, wenn die weiter durch die Leitung sausen, dann könnten sie doch später ganz woanders wieder rauskommen. Also quasi – bei einer anderen Person.»

«Quatsch. Du meinst, ich könnte mit 'nem elften Finger ankommen oder so? Kann ich mir nicht vorstellen.»

Schweigend dachte Lochan darüber einen Moment nach.

«Immer noch besser als mit meinen Eiern.»

Die Kinder lachten. So sehr, dass Anitas Finger kurz vom Propeller abrutschte. Sie lachten, verstummten urplötzlich, sahen einander an, wurden rot und schauten schnell weg.

Diesmal zog Anita das Band auf, so weit es nur ging. Sie spürte die Spannung in der dreifach gewundenen Knötchenspirale. So fest, dass sie sich gar nicht mehr wie Gummi anfühlte. Sogar der Balsarumpf fühlte sich gespannt an. Alles war straff: eine Härte, eine Einheit, die alles zusammenzog. Und es hielt.

Sie reichte Lochan das Flugzeug. Der nahm es behutsam entgegen. Anita griff an ihre Armbanduhr, bereit, den Flug zu stoppen.

Lochan drehte sich in den Wind. Wartete den richtigen Moment ab. Dann rannte er los, so schnell seine Füße ihn trugen, hielt das Flugzeug mit zwei Händen neben dem Kopf und ließ wie ein Staffelläufer bei der Übergabe den Propeller los. Mit Schmackes schleuderte er das Flugzeug schließlich in die Luft. Die Flügel erfassten eine Böe, die den Flieger in den Himmel trug. Doch da kam eine zweite Böe, die Nase kippte vorwärts, und das Flugzeug krachte mit der ganzen Kraft, die immer noch aus dem Propeller wirbelte, mitten auf die Piste.

Der Aufschlag war nicht laut. Irgendwie leicht klang das, als der kleine Flieger zersplitterte, Teile abbrachen und quer über die Piste flogen, die Propellerblätter auf den Boden trommelten und das Flugzeug hilflos über den Asphalt flappte, während seine letzte Energie verpuffte.

Lochan hatte beide Hände an den Kopf geworfen. Anita war stocksteif erstarrt, ihre Finger um die Armbanduhr verkrampft.

Schweigend gingen sie zu dem kaputten Flugzeug, hoben es gemeinsam auf und drehten es bedächtig hin und her, um den Schaden zu begutachten.

Die Räder waren futsch und auch ein Teil des Leitwerks. Das mussten die Teile sein, die beim Aufprall weggeflogen waren.

«Die Räder waren sowieso nur lose festgemacht. Die sollen ja beweglich sein.»

«Mhm. Und den Schwanz kriegen wir hin, glaub ich.»

«Der Propeller ist verschrammt.»

«Das ist bestimmt nicht schlimm.»

«Die abstehenden Friemel können wir wegschneiden.»

«Genau. Und das Holz, was ist mit dem?»

Vorsichtig bog Anita die Balsastange. Offenbar hatte sie den Absturz unbeschadet überstanden. Auch die Flügel prüfte sie.

«Sieht gut aus.»

«Ja, glaub auch … Puh, Schwein gehabt!»

«War wohl doch ein bisschen viel des Guten.»

«Ich wollte gar nicht, dass es so hoch steigt.»

«Ich weiß. Nicht deine Schuld. Wir wussten es halt nicht.»

«Genau, muss man eben ausprobieren.»

Langsam gingen sie zurück zum Zaun, sammelten auf dem Weg die verstreuten Wrackteile ein.

«Ab und zu muss halt auch mal was schiefgehen.»

«Sonst merkt man ja gar nicht, wie weit man gehen kann.»

«Hätten wir's nicht versucht, hätte es gar nicht geklappt.»

«Stimmt, und wir waren ja sehr vorsichtig.»

«Eben, und so schlimm ist es doch gar nicht.»

«Nee. Das wird schon wieder.»

Der Tag war jetzt in vollem Gange. Gelber Dunst hing über dem Terminal, eine Staubwolke über der Baustelle daneben. Der Verkehr dröhnte konstant und schwer, hin und wieder wurde in den Parkhäusern gehupt. Leute riefen, Bohrer bohrten, ab und zu jaulten Sirenen, Metall schlug tief und hallend auf Metall.

Doch die Kinder achteten auf nichts von alledem, während sie, die Flugzeugteile mit den Händen schützend, erneut unter dem Zaun durchkrabbelten, die staubige Böschung erklommen und zwischen den struppigen Bäumen zur Siedlung zurückgingen.

5. GRALSSUCHE

Alles in allem war sie ihm schlicht überlegen. Er liebte sie aus unzähligen Gründen, aus den üblichen unkomplizierten, alltäglichen, aber vor allem liebte er sie, weil er wusste, dass sie tief drin ein besserer Mensch war als er. Nein, nicht nur tief drin, sondern in allem, was sie tat. Es strahlte ihr geradezu aus allen Poren. Je mehr sie versuchte, es zu verbergen, je bescheidener sie sich gab, desto eindeutiger trat es hervor. Wenigstens aus seiner Sicht. Sie spielte in einer komplett anderen Liga. Schlicht und einfach besser. Jetzt und für immer.

—

Ihr Name war Jane.

«Janey, bitte. Kein Mensch nennt mich Jane.»

Ihr Name war Janey. Begegnet war er ihr auf einer Party im letzten Jahr an der Uni. Ihre Mitbewohnerinnen hatten eingeladen. Sie saß allein in ihrem Zimmer, auf dem Bett in der Ecke. Ihre Tür stand offen: Er ging rein. Partys hatte er noch nie gemocht.

«Ich auch nicht. Also, ich hab jetzt auch nicht direkt was dagegen oder so. Im Grunde sind sie mir einfach egal.»

Sie las ein Buch mit dunkelgrauem Einband, ohne Bild. Den Titel konnte er nicht recht entziffern.

«Vielleicht weil er deutsch ist?»

Sie beherrschte mehrere Fremdsprachen. Er nur eine: die Sprache der Zahlen. Als er reinkam, ließ sie das Buch sinken.

«Kannst ruhig hierbleiben, wenn du willst.»

Er setzte sich ans Bettende. Fragte sie nach der besten Übersetzung des Buchs, damit er es auch lesen könnte.

«Ach, die beste Übersetzung eines Werks ist man doch letzten Endes immer selbst, findest du nicht?»

Er sah sie fragend an. Offenbar meinte sie es ernst.

«Ich meine nur: Warum die Worte mühsam in eine fremde Sprache übertragen, die der Tiefe, Komplexität und Schönheit des Originals ja doch nie vollständig gerecht wird? Da übersetzt man sich doch besser selbst in einen Menschen, der das Werk versteht, wie es gemeint war.»

Da war es um ihn geschehen. Ihre tiefe Gelassenheit nahm ihn gefangen. Ihr sanftmütiges Selbstbewusstsein. Null Schein, nur Sein.

«Und deine Zahlen? Was hast du mit denen vor?»

Ja, seine Zahlen, klar, die liebte er, die kannte er genau, die verstand er ganz intuitiv, aber konkrete Pläne hatte er mit ihnen nicht. Zahlen waren eben einfach seine Stärke.

«Vielleicht könntest du dich ja auch selbst übersetzen. In Zahlen, meine ich.»

Und ja, bingo, schon wieder ein Volltreffer! Genau das würde er tun.

«Aber vergiss nicht, dich wieder zurückzuübersetzen. Das ist unerlässlich.»

Und nicht nur sich selbst würde er übersetzen. Er würde lernen, einfach alles auf der Welt in Zahlen zu übertragen. Ja! Es schien so offensichtlich. Sonnenklar. Seine Lebensaufgabe würde er daraus machen. Seine Mission.

«Das könnte dein ganz persönlicher Heiliger Gral sein. Und wenn du ihn findest, ist die Welt dir bestimmt dankbar.»

Ja, das würde sie sein, die Welt. Davon war er überzeugt.

—

Doch er hatte auch Zweifel. An Janey. An sich selbst. Ihm war völlig schleierhaft, wieso sie sich überhaupt mit ihm abgab, obwohl er ihr so unterlegen war. Die Rechnung ging nicht auf. Sogar in den Flitterwochen, als sie in einem fremden Land auf dem Hotelrasen lagen und zu unbekannten Sternbildern aufblickten, fragte er sich, ob Janey nicht besser auf einen anderen gewartet hätte.

«Nehme ich dich? Nimmst du mich? Alles nur Worte. Bloß ein Ritual. Und ein menschengemachtes obendrein.

Was seinen Wert wohl doch ein bisschen schmälert. Wie Gott darüber denkt, das steht auf einem völlig anderen Blatt. Auch wenn du das nicht erkennst: Er ist garantiert einverstanden. Da muss er ja nur mal einen tiefen Blick in dich werfen.»

Doch in seinen Zahlen war für Gott kein Platz.

«Vielleicht sind deine Zahlen ja selbst Gott. Oder, falls dir der Gedanke nicht so zusagt: Vielleicht ist deine Zahlensprache ja dieselbe, die auch Gott spricht.»

Vielleicht, ja. Vielleicht war sie die ursprüngliche Sprache der Menschheit gewesen und würde es eines Tages wieder sein. Eine Sprache, die geradewegs zum Himmel führte.

«Denn also hat Gott die Welt geliebt, dass er sie uns an seiner statt zerstören ließ. Diese ganze Babel-Nummer hat uns immerhin etwas zu tun gegeben. Einen Zeitvertreib. Ein Ziel.»

Bloß dass mit den Zahlen irgendwas nicht stimmte. Irgendjemandes Berechnungen waren suboptimal gewesen. Und alles fiel in sich zusammen.

«Aber all die schönen neuen Sprachen, die verschiedenen Völker, die sollten uns in Wahrheit *helfen*, nicht hemmen. Nicht bloß verschiedene Zungen, sondern grundverschiedene Arten des Denkens. Und wenn wir nur all diese anderen Sprachen lernen könnten, würden wir zugleich das andere Denken lernen und einander besser helfen und verstehen. Und dann könnten wir vielleicht eines Tages den großen Turm noch einmal bauen.»

Und trotzdem dachte er, dass man für einen Turm von solcher Höhe ein wahrhaft kolossales Fundament brauchte. Nicht einmal vorstellbar war diese Aufgabe. Ganz und gar unmöglich.

«Die Menschheit selbst würde unmöglich scheinen, wenn man die allerersten Sterne fragen könnte oder die abkühlenden Felsen oder die schäumende See. Und trotzdem sind wir da.»

—

Am Institut war er für Analysen zuständig. Er hatte mit einem Apparat zu tun, der in einen Menschen hineinsehen und ihn lesen konnte, ohne ihn dafür aufschneiden zu müssen.

Er beschäftigte sich mit den mathematischen Aspekten. Das Team hatte bereits das Basisgerät entwickelt, mit dem man jedweden Gegenstand durchleuchten konnte, aber *wie* dieses Gerät verstand und decodierte, was es sah, und wie es diese Daten effizient an den Benutzer übermittelte, das hing von seinen Zahlen ab. Auf dieser Ebene der Analyse drehte sich alles nur um Zahlen.

Seine Aufgabe bestand darin, diese Zahlen in eine brauchbare diagnostische Anzeige zu konvertieren.

«‹Diagnostisch›. Ein interessantes Wort, findest du nicht? Di-Agnostisch, Dia-Gnosis, Diag-Nose. Das ‹dia› steht für ‹durch›. Aber nicht nur dafür, es hat auch etwas Vollständiges an sich. Und das ‹gnostisch›, das ‹gnomisch›, der ‹Gnom›, das ist der Teil, der versteht, der *weiß*. Bloß, wer kann heutzutage noch behaupten, irgendwas wirklich zu wissen? Letztlich kann man doch immer nur urteilen. Egal also, wie gut die Diagnose ist, am Ende ist sie immer nur ein Urteil, eine Einschätzung. Und das Urteil ist immer nur so gut wie der Beurteilende. Aber wer beurteilt den Beurteilenden? Wer überprüft, ob er/sie/es der Sache auch gewachsen ist? Es gibt schließlich nur einen wahren Richter, und der hält sich ziemlich bedeckt. Wenigstens im Hinblick auf diese Zahlensachen.»

Und doch ging es genau darum: eine Maschine zu bauen, die mehr wäre als bloßer Richter. Deren Wissen absolut unfehlbar, deren Diagnose schnell, sauber und allumfassend wäre.

«Das Problem zu kennen, nützt einem nicht viel, wenn man keine Lösung dafür weiß.»

Möglich. Aber irgendwo musste man eben anfangen. Und dann? Das Problem gleich mitlösen? Mit derselben Maschine? Auf einen Streich? Nein, dafür wäre noch etwas ganz anderes nötig.

«Das wäre wirklich der Heilige Gral. Das wäre wahrhaft erstrebenswert.»

Zweifellos hatte sie recht. Doch bald verlor er sich in seiner Suche. Nebenan im Institut, in einer völlig anderen Abteilung, spielte man mit Staub, Partikeln, mikroskopischen Elementarteilchen. All das schickten sie durch Drahtspulen, durch lange, feine Schleifen, damit es anderswo herauskam, aber dabei materiell vollkommen unverändert blieb.

Doch woher wusste man, dass diese transportierten

Teilchen noch dieselben waren, wenn ihre Struktur sich doch kein bisschen von der jedes beliebigen anderen Teilchens unterschied? Und wie konnte man, wo diese Teilchen doch so winzig waren und der Draht so dünn, jemals ganz sicher sein, dass sie nicht einfach so durch die Spulen wanderten, dass dabei überhaupt irgendwas Außerordentliches vor sich ging?

Sie brauchten also größere Objekte: ein Salzkorn, ein Stück Zucker, eine kleine Stahlkugel. Laut ihrer Berechnungen müsste das durchaus funktionieren, doch die Tiefenanalyse der Maschine hatte ihre Grenzen. Dabei hoffte er, behilflich sein zu können.

Als er Janey zu Hause von diesen neuen Entwicklungen erzählte, wurde sie plötzlich sehr ernst.

«Wie viel haben wir? Wie viel Geld, meine ich? Wie ist der aktuelle Stand?»

Er zeigte ihr den letzten Kontoauszug.

«Kauf damit so viele Anteile am Institut, wie du nur kannst. So viele, wie wir uns leisten können. Und zwar schnell. Auch wenn du nur eine Handvoll kriegst. Mach es bald. Mach es gleich morgen.»

Und das tat er, denn Janey hatte immer einen so viel klareren Durchblick als alle anderen. All die Sprachen, all die Denkweisen: Sie hatte keinen Analysten nötig, brauchte seine Zahlen nicht, um die Welt und ihre Mitmenschen zu decodieren. Mit einem Blick durchschaute sie die Leute, die Dinge, die Vergangengegenwartszukunft. Sie wusste exakt, was er dachte, was er tun würde und was dabei herauskäme.

«Es ist eben so, wie ich immer sage: Je mehr verschiedene Sprachen miteinander sprechen und einander verstehen, desto facettenreicher ist das Denken.»

Und so wurden die beiden Technologien vermählt.

—

Das Institut installierte zwei ofengroße Apparate in seinem Keller, damit er experimentieren konnte. Und er saß bis spätabends da und überlegte, wie er der neuen Maschine beibringen konnte, die transportierte Materie besser zu verstehen.

Janey hatte kürzlich ihre geliebte grobmaschige Strickjacke wegen eines unansehnlichen losen Fadens ausgemustert. Die wollte er als Testobjekt benutzen. Die komplex-organische Wolligkeit gepaart mit den immer gleichen Maschen machte sie zu einer interessanten Analysekandidatin.

Er platzierte sie in einem der Geräte, und als sie im zweiten angekommen war, begutachtete er ihre Weichheit, ihre Pracht, ihre geballte Strickjackigkeit. Sie hatte sich kein bisschen verändert. Sogar der lose Faden war noch lose.

«Eine gängige Schwierigkeit beim Übersetzen ist die Frage: Soll man den Text verändern, ja auch nur *korrigieren*, damit er in der Zielsprache mehr Sinn ergibt? Oder bleibt man so eng wie nur möglich am Original und verschleiert dadurch die Bedeutung? Was heißt das, etwas noch jenseits von dem zu verstehen, was es ist? Aber das Wichtigste ist: Nein, ich zieh sie sicher nicht mehr an.»

Und das traf tatsächlich genau seinen Denkfehler mit Blick auf die Maschine. Er wollte sie *verstehen* lassen, was sie gar nicht verstehen musste. Sie musste nur *machen*. Analysieren, zerlegen, zusammensetzen. Ohne Verstehen. Ohne Änderungen. Ohne irgendetwas zu verbessern.

—

Doch als man im Institut schon glaubte, jetzt gehe es endlich voran, kam die Arbeit völlig zum Erliegen, und zwar einzig und allein aufgrund des Risikos, dass der Apparat als Waffe verwendet werden könnte. Kaum hatten sie ihn effektiv und fehlerfrei zum Laufen gebracht, mussten sie das ganze Programm stoppen.

Falls so ein System missbraucht werden konnte, würde es auch irgendwer missbrauchen, das war allen klar. Jemand würde eine Bombe durchschicken. Einen Mann mit einer Bombe. Oder mit einem Gewehr. Oder einem Messer. Direktversand ins Herz des Problems. Einen Krieg zu führen, wäre mit einem Schlag viel einfacher. Aber wie könnte das Gerät in solchen Situationen die bedrohlichen Bestandteile erkennen und aussondern? Wie ließ sich die Gefahr neutralisieren?

«Es ist deine Maschine. Du kannst ihr doch befehlen, was du willst. Oder verbieten. Beim Übersetzen habe ich die Pflicht, das Original angemessen wiederzugeben, aber ich kann den Auftrag auch ablehnen. Ich lese erst das Original, und wenn's mir nicht gefällt, lehne ich ab. Dann wird es eben nicht gemacht.»

Ganz einfach. Sie hatten eine Maschine, die alles gründlich und perfekt analysierte. Diese Maschine musste keine Absichten verstehen, keinerlei Probleme lösen, aber *erkennen*, das konnte sie. Das war ihre Stärke. Und wenn sie etwas erkannte, das sie nicht senden sollte, konnte sie es einfach lassen. Es ablehnen.

Und damit war auch das gelöst.

—

Sie fanden ein Haus in einem Tal, umringt von Bergen, am Ende einer langen, kurvenreichen Straße und weit weg von allem, was man noch hätte Nachbarschaft nennen können. Das Haus war groß, das Grundstück weitläufig, aber sie konnten es sich leisten: die laufenden Kosten für Zäune, Felder und Tierbestände.

Sie bekamen eine Tochter. Als sie sie zur Schule schickten, kam sie sofort wieder zurück nach Hause.

«Weil sie mit den anderen Kindern nicht zurechtkommt. Weil sie die Hektik der Außenwelt nicht mag. Zu viele lärmende Gehirne. Da findet sie nicht rein. Kann nicht mit allen gleichzeitig sprechen. Trotzdem sieht sie all das Denken, den Lärm. Sie weiß, dass es da ist, auch wenn sie die Worte nicht entziffern kann.»

Also unterrichteten sie das Kind zu Hause.

Ihr Vater brachte ihr die Fakten bei, die objektive Wahrheit, alles, was sich mit Verstand begreifen ließ.

Ihre Mutter lehrte sie Meinungen und Interpretationen, die unerklärlichen Aspekte dieser Welt und ihre vielen Rätsel.

—

Janey fuhr mit ihrer Tochter in die Stadt, zu den Kunstgalerien; ein notwendiger Teil ihrer Erziehung. Beide genossen die lange, unbeschwerte Fahrt, die freien Straßen.

Auch in der Innenstadt war kaum Verkehr. Gelangweilt blinkende Ampeln leiteten die wenigen Straßennutzer auf ihrem Weg. Ein Parkplatz fand sich ohne Mühe.

In der Galerie dagegen herrschte Hochbetrieb: Menschen schlenderten durch Räume und würdigten schweigend die Kunst.

«Ein kleiner Eindruck davon, wie es früher war. Bilder, die man für zu wertvoll hält, um sie durchs Netz zu schicken. Sie sind Fixpunkte. Bewegen müssen sich die Menschen.»

Besucher wechselten zwischen den Ausstellungsräumen hin und her, doch ihre Gesamtzahl blieb konstant dieselbe.

«Ein kleiner Rest Vernunft in einer Welt, deren Geist sich immer mehr verengt, sich langsam in sich selbst abschließt. Eine immer kleinere, beengtere, verwickeltere und chaotischere Welt. Immer weniger Platz zum Atmen oder auch nur Denken.»

Auf dem Heimweg warfen sie noch einen schnellen

Blick in den neuen Hypermarkt am Stadtrand. Ein Geschäft mit Obst aus sämtlichen Jahreszeiten, aus allen Winkeln der Welt, direkt angeliefert. Ein Geschäft mit eigenem Transporterknoten.

«Fall nicht auf die Behauptung rein, alles sei taufrisch – lies immer erst das Etikett! Man sollte nichts essen, das zu leicht zu haben ist. Ein bisschen Mühe: regionaler Anbau, traditionell verarbeitet, besser geht's nicht. Kostet etwas mehr, aber das lohnt sich.»

Sie kamen an langen Kundenschlangen vorbei, die mit vor exotischem Obst und Gemüse strotzenden Taschen zu den Ausgangsschaltern krochen.

«Die Waren zu verbilligen, hilft den Leuten auch nicht. Das unterstreicht nur ihre Armut. Und die Verschwendung all der Dinge, die sie sowieso nicht schätzen, wird bloß schlimmer. Ganz zu schweigen davon, was all die üppige Nahrung mit ihrem derben Innenleben anstellt.»

—

Die Tochter mochte Schusswaffen. Sie mochte ihre Präzision, die mathematische Genauigkeit. Oft zog sie mit einem Bauernjungen aus der Gegend und seinem Gewehr los.

Gern schoss sie Dinge aus der Ferne ab, vor allem Kaninchen, denn von denen konnte man nie zu viele abschießen. Egal, wie viele man erlegte, es blieben immer genug übrig.

Ihre Eltern hatten nichts gegen ihre Vorliebe für blutigen Sport. Wenn es ihr gut ging, ging es auch ihrem Vater gut. Und auch ihre Mutter machte keinen Hehl aus ihrer Zustimmung.

«Es kann nie schaden, die Dinge im Zaum zu halten. Ganz leicht kann alles aus dem Ruder laufen.»

Als die Tochter sich für die Karriereangebote des Militärs zu interessieren begann, stießen diese Ambitionen auf uneingeschränkten Zuspruch.

«Die Welt ist jetzt schon so chaotisch, dass man wohl mit Schlimmem rechnen muss. Sie knittert viel zu schnell. Muss wieder geglättet werden. Letzten Endes sind wir selbst schuld. Wir haben die Mittel geschaffen, mit denen das Chaos angerichtet wurde, und damit zugleich auch die Mittel, mit denen es beseitigt werden kann. Nur vernünftig, sich darauf vorzubereiten. Wir haben nicht weit genug vorausgeschaut. Nicht tief genug hinein.»

—

Und als sich eines Wintertags herausstellte, dass Janey ganz vom Krebs zerfressen war, dass überall in ihr kleine diskrete Tumore wucherten, tat sie einfach weiter so, als wäre alles vollkommen in Ordnung, letztlich doch völlig normal.

«Wieso auch nicht? Ist doch eine häufige Beschwerde. Das haben so viele. Warum also nicht ich?»

Und Weihnachten lief wie geplant, und teure Geschenke wurden ausgetauscht, Bücher mit ledernen Rücken, zum Beispiel, und Farbdrucke und edle Silberkelche für den

Glühwein und Handschuhe aus blassblauem Kaschmir und bestickte Taschentücher aus violetter Seide.

«Weil man nichts kaufen sollte, was nicht hält. Und nichts, was sich zu leicht ersetzen lässt. Warum sollte man so was verschenken?»

Und später, als sie nach dem Essen, das sie unbedingt selbst hatte kochen wollen, gemütlich vorm Kamin im weichen farbenfrohen Abendlicht saßen und Weihnachtslieder hörten, dachte ihr Mann laut darüber nach, wie sie nur so ruhig bleiben konnte.

«Weil ich weiß, dass du das wieder hinbekommst. Deine Apparate erkennen das Gewebe. Du musst nur noch eine Methode finden, es rauszutransportieren. Oder mich zu transportieren und das unerwünschte Gewebe wegzulassen. Genau nach so was hast du doch dein Leben lang gesucht.»

Bloß dass es so leicht leider doch nicht war.

—

Der Mann musste einen Weg finden, seine ganze Forschung zu vergessen und wieder die ursprüngliche Richtung einzuschlagen.

Er hatte eine Maschine gebaut, die keine Ahnung hatte, was sie hörte, wenn sie ihre Schallwellen durch ein Objekt jagte.

Sie konnte nur zuhören und wiederholen.

«Listen and repeat. Écoutez et répétez. Слушайте и повторяйте.»

Die Maschine hatte keinen Begriff davon, was zum Aufbau eines Gegenstandes, eines Dings oder Körpers gehörte oder nicht: welche Komponenten richtig, gut oder die besten waren.

Ihr Zugang war holistisch. Was immer sie sah, war genau, wie es sein sollte. Darin lag eine Art von Reinheit. Eine Wahrheit. Exakt so wie die Wahrheit und Reinheit von Zahlen.

«Aber sie kann doch sicher differenzieren. Sie kennt die Sprache der Zahlen und Partikel. Diese Pünktchen sind dies und jene das. Dann kann sie es doch auch genau bestimmen.»

Das konnte und das tat sie auch, allerdings mit einer Einschränkung: Fand die Analyse unerwünschte Substanzen vor, konnte das Objekt sofort in Gänze abgewiesen werden. Zu mehr als dieser Wahl war sie nicht fähig: senden oder nicht senden. Es gab nichts Halbes. Keine Teilübertragungen.

«Aber du hast sie doch konstruiert. Du bestimmst, was sie kann. Du hast das Sagen. Du kontrollierst, wie sie vorgeht, wie sie verarbeitet, was sie findet. Du kannst sie umbauen.»

Und ja, das hätte möglich sein sollen. Und jetzt steckte er seine gesamte Energie in den Versuch.

Aber es lief nicht mehr wie damals, als er angefangen hatte. Sein Geist war starr geworden. Hatte endlich seine perfekte Übersetzung gefunden, frei von jeder Ambiguität. Sein Denken war nicht mehr so beweglich.

Auch seine Zahlen hatten sich festgefahren. Er sah

keine Möglichkeit, die Maschine etwas anderes tun zu lassen als das, was sie schon tat. Er konnte ihr nicht beibringen, nicht die ganze Materie zu transportieren, einen Teil absichtlich wegzulassen.

«Mit was sollte sie die Lücken auch auffüllen? Mit zerknülltem Zeitungspapier? Mit Wattebäuschchen? Mit geformtem Schaumstoff?»

—

Janey überließ es ihm, ein Heilmittel zu finden, seine vor langer Zeit aufgegebene Gralssuche fortzusetzen. Doch trotz all ihrer Bemühungen um Heiterkeit, um gute Laune, kam Janey doch manchmal ins Straucheln, fühlte sie sich manchmal wirklich krank. Dann zog sie sich zurück und lag ganz still auf dem Bett, wartete darauf, dass ihr altes Selbst zurückkehrte, dass es aus diesem neuen Selbst emporwallte, das sie nicht mehr wiedererkannte.

«Immerhin wird es am Ende einen Menschen weniger auf der Welt geben. Eine Userin weniger, die zu dem ganzen Chaos beiträgt. Endgültig aus dem Spiel genommen. Vielleicht kann dann jemand anderes die Lücke ausfüllen, die ich hier hinterlasse.»

Und die Arbeit an der Maschine ging weiter. Das System wurde immer feiner eingestellt, bewältigte seine einzigartige Aufgabe immer raffinierter. Neues Vertrauen in seine Erkenntnis des allgemeinen Wesens der Dinge führte dazu, dass man den Menschen die Demütigung ersparte, nackt reisen zu müssen. Deutlich leiser war es auch geworden. Eine ganz neue Genauigkeit lag in dem Klang, ein feines Summen, das einen mit Laserpräzision durchdrang und die alte Schrotflintenmethode überflüssig machte.

«Was nur heißt, dass noch mehr Leute es benutzen werden. Und die Verzögerungen ungefähr dieselben bleiben. Nichts verändert sich je wirklich. Die Conditio humana lässt sich nicht übersetzen. Wir glauben nur, dass wir vorankommen. Doch es sieht bloß so aus. In Wahrheit bewegen wir uns immer nur seitwärts. Drehen uns im Kreis. Umgehen unschöne Bereiche.»

Und Janeys Mann mühte und mühte sich. Und scheiterte und scheiterte und scheiterte. Und Janey wurde bettlägerig, zu schwach, um mehr zu tun, als die Bücher in die Hand zu nehmen und zu lesen, die in ihre Reichweite gelegt wurden.

«Am Ende kann ich mich zumindest selber übersetzen. Ein allerletztes Mal. Zurück in die Erde. Und dadurch die Welt ein wenig besser kennenlernen.»

—

Ihre Tochter kam zurück von ihrem Auslandseinsatz. Ihre Sprachkenntnisse machten sie zur exzellenten Reisenden, waren ein Trumpf für die militärische Planung: Sie halfen, den Feind besser zu verstehen.

«Wie viele Verbindungen hast du geknüpft? Wie viele neue Routen hast du entdeckt? Wie viele Pfade hast du in den Leuten eröffnet, die dir begegnet sind?»

Das Transportnetzwerk erleichterte es ihr, die Teile der Welt zu meiden, die ihr nicht gefielen, das Chaos zu überspringen und auf direktem Weg zum Punkt zu kommen.

«Wie viel fitter ist die Welt dank dir? Wie viel Unrecht hast du mitbereinigt? Mit welchem Stoff wird das ersetzt, was du herausnimmst?»

Doch der Besuch währte nur kurz. Die Probleme auf der Welt hörten nicht einfach auf, nur weil sie gerade Urlaub hatte. Der Leichtigkeit, mit der Probleme sich identifizieren ließen, entsprach allein die Leichtigkeit, mit der sie um sich griffen.

—

Und in all ihren wachen Momenten saß Janeys Mann bei ihr am Bett.

«Und wenn deine große Biografie geschrieben wird, wird man auch mich erwähnen. Es wird heißen, ich sei deine liebe Frau gewesen, die all die Jahre dafür sorgte, dass du glücklich warst. Mir macht das nichts aus. Stört mich nicht, wenn sie es nie erfahren.»

Aber er war sich ganz sicher. Selbst wenn niemand fragte, er würde alles erzählen.

Und während sie schlief, kehrte er zurück zu seinen Zahlen. Mehr konnte er nicht tun, zu mehr war er nicht nutze. Darum hatte sie ihn gebeten. Und er konnte es ihr nicht versagen.

Wenn er sich doch nur übersetzen könnte: in jemanden,

der härter arbeitete, der sich mehr anstrengte, der fand, was er so lange gesucht hatte.

«Das Dumme ist: Einen Heiligen Gral hat es nie gegeben. In Wahrheit war er immer nur ein Becher. Und der war auch nicht magisch, sondern bloß ein stinknormaler Becher. Und wenn man etwas sucht, das gar nicht existiert, dann kann man hoffen, wie man will, die Mühe wird immer vergeblich bleiben. Aber es gibt ja noch andere Becher, verlässliche Becher, vergessene Becher.»

Trotzdem konnte er nicht aufhören zu suchen. Konnte sein Versprechen einfach nicht zurücknehmen. Konnte sich nicht eben mal so ändern. Er war nun einmal nicht wie sie.

Tief drin war sie ihm immer weit voraus gewesen. Das wusste er genau. Sie war durch und durch besser als er.

Und er liebte sie deswegen umso mehr.

6.
EIN MISSVERSTÄNDNIS

Flo drückt die schwarze Schwingtür zur Toilette auf und huscht hinein. Ihr Herz klopft wie wild. Ihr ist schwindlig, flau. Kurz stützt sie sich am Waschbecken ab, atmet tief und langsam durch. Sie hat nicht viel Zeit.

Die Beleuchtung der Toilette passt zu der im Gastraum der Bar: Die Schleifen aus rosa und grünem Neon lassen Flos Gesicht in dem großen ovalen Spiegel eigenartig weltentrückt wirken.

Sie öffnet ihre Handtasche, kramt darin herum, nimmt ein kleines klotzförmiges Gerät heraus. Höchstens so groß wie eine Zigarettenschachtel, mit einem Gehäuse aus dünnem, glattem mattschwarzem Metall.

Sie wirft die Minikassette aus und hält sie ins grüne Licht, vergewissert sich, dass das Band ganz zurückgespult ist, bevor sie sie flugs wieder in das Gerät einlegt. Leise klappt der Deckel zu. Mit der Fingerspitze schiebt sie den kleinen roten Aufnahmeknopf hoch, bis er einrastet, und hält sich das Gerät mit angehaltenem Atem ans Ohr: kein Rauschen, nur das leise, dumpfe Surren der sich langsam drehenden Tonwellen.

Vorsichtig schiebt Flo das Gerät in eins der Außenfächer ihrer Handtasche und zieht den Reißverschluss zu. Schließt die Augen. Ballt die Fäuste. Atmet noch mal durch.

Seit Wochen bemüht sie sich um ein Interview mit dem Verkehrsminister, wurde jedoch immer abgewiesen. Das ist sie gewohnt. Versteht es. Schließlich ist sie journalistisch noch ein Grünschnabel. Kaum Vitamin B. Kaum Einfluss. Ihr Leben besteht aktuell größtenteils daraus, höflich drängelnde Nachrichten für diverse semiwichtige Funktionäre zu hinterlassen, die niemals zurückrufen, oder vor der Rathaustür nervöse Männer in braunen Anzügen abzupassen, die eilig an ihr vorbeihasten. Doch Flo ist fest entschlossen, sich nicht abwimmeln zu lassen.

So mies wie heute läuft es allerdings selten: Bis in diese sonderbare Ecke der Stadt hatte sie ihre Zielperson verfolgt, als der Typ plötzlich einfach auf sie losging, vor den Augen anderer potenzieller Quellen, vor ihren Kollegen. Hatte sie ihn wirklich so bedrängt? Nein, wohl kaum. Aber was er zu ihr gesagt, wie er sie genannt hat … Das schmerzt noch immer. Um es abzuschütteln, wird sie mehr brauchen als ein paar Martinis.

Und doch ist der Tag noch nicht verloren: Hier in diesem entlegenen Etablissement hat sie jemanden viel Interessanteren entdeckt als die Kleinstadtfunktionäre, denen sie bisher immer nachgestellt hat. Jemanden, der viel tiefer in der Branche steckt. Jemanden, den anzusprechen sie nie gewagt hätte, wenigstens nicht offiziell. Und besser noch: Nach dem zu urteilen, was sie von seinem

Gespräch mit dem Barmann mitbekommen hat, hört er sich ziemlich gerne reden.

Flo betrachtet ihr schummrig-dunkeläugiges Spiegelbild. Nicht mal sie selbst merkt sich so richtig an, wer sie ist und was sie vorhat. Aus der Handtasche nimmt sie einen kleinen Plastikzylinder, zieht den Deckel ab, dreht das weiche rote Wachs heraus, lehnt sich dichter an den Spiegel. Ihre Hände zittern. Dick trägt sie den Lippenstift auf. Richtig knallig muss er sein. Dasselbe gilt für den Mascara: Sie fährt mit der kleinen Bürste durch die Wimpern, bis sie stocksteif abstehen. Zu viel? Vielleicht. Oder gerade genug. Sie zieht die Bluse aus dem Rock, rückt ihn zurecht, klappt den Bund um, um ein paar Zentimeter mehr Schenkel zu zeigen. Einen Versuch ist es allemal wert.

Sie schließt die Handtasche. Blickt auf die Uhr. Bloß ein paar Minuten sind vergangen. Einer späten Eingebung folgend, zieht sie in einer offenen Kabine rasch die Spülung, bevor sie durch die Schwingtür wieder in die Bar tritt.

Was hat sie verpasst? Hat sich etwas verändert? Gespielt beiläufig lässt sie den Blick durch den Raum schweifen.

In einer schummerigen Ecke knutscht ein Pärchen. Ein einsamer Kerl im langen grauen Mantel, Hut tief im Gesicht, sitzt dicht am Ausgang, eine gefaltete Zeitung und ein unberührtes Glas Bourbon vor sich. Und schließlich noch der große, ältere Herr mit hohen Wangenknochen und schütterem, zurückgekämmtem Haar, der an der Theke sitzt und mit dem Barmann plaudert.

Niemand achtet darauf, wie Flo die Szenerie wieder

betritt, doch sie nimmt alle genau wahr. Allesamt sind sie Komparsen, reißerische Randfiguren in einer Geschichte, die sie jetzt zu ihrer machen wird.

Sie setzt sich wieder an die Bar, ein paar Hocker neben den älteren Herrn, zurück zu ihrem halb leeren Martini. Behutsam, behände stellt sie ihre Handtasche auf die Theke, die dezente rechteckige Beule an der Seite von sich abgewandt.

Es läuft Musik. Unaufgeregtes Hintergrundgedudel. Jazz oder Blues oder so. Sie hofft, dass ihr Rekorder nicht allzu viel vom leisen Beckenscheppern und dem nasalen Blechgejaule einfängt. Versucht, so auszusehen, als wäre sie tief in Gedanken versunken, glotzt finster in ihr Glas, spitzt dabei aber gut die Ohren, um das Gespräch mitzubekommen.

Im Moment redet der Lange: unbefangen, sorglos, selbstbewusst.

«... nicht dass die Firma völlig sauber wäre. Das will ich nicht behaupten. Andererseits will ich auch nicht andeuten, dass es irgendwo Leichen im Keller gäbe, sozusagen. So darf man da nicht denken. Aber sehr wohl sagen kann man, wie unfassbar *dröge* zuverlässig die sind und dass der Grund, wieso sich alle auf sie verlassen und so blind darauf vertrauen, dass diese Apparate, ja dass das gesamte Netzwerk bestens funktioniert, schlicht und einfach der ist, dass ... na ja ... dass es eben wirklich bestens funktioniert. Ganz einfach.»

«Das glaub ich nicht.» Der Barmann lacht. «Mal ehrlich, Mr Jacks. Wo kommen denn dann die ganzen Geschichten her? Die kennt doch jeder. Legenden, Mythen und Gerüchte und so weiter.»

Der Lange hebt lächelnd die Hände. «Genau! Du sagst es ja selbst, Carol. Geschichten sind nun mal Geschichten. Weiter nichts. Lächerliche, abstruse Geschichten.»

Der Barmann grinst. «Aber irgendwoher müssen die doch kommen, oder? Die fallen ja nicht einfach so vom Himmel. So aus dem Nichts, quasi.»

Mr Jacks hebt seinen Drink. «Jetzt hast du mich erwischt, Carol. Stimmt, Geschichten müssen irgendwoher kommen. Da kann ich nicht widersprechen.» Lächelnd trinkt er einen Schluck.

Flo spiegelt seine Handlung, nippt synchron an ihrem Glas. Macht nichts, wenn er das bemerkt. Vielleicht sogar ganz gut. Auch wenn die zwei sie ins Gespräch nicht aktiv einbeziehen, ist sie doch wenigstens körperlich dabei, durch ihre schiere Gegenwart.

«Und selbst wenn die Geschichten alle nur, na ja, eben erfunden wären ...» Carol der Barmann holt eine Flasche ohne Etikett unter der Theke hervor und schenkt dem Alten beiläufig nach. «Irgendeinen Anlass dafür muss es doch geben, oder?»

Mr Jacks zuckt mit den Schultern, bedeutet Carol fortzufahren.

«Ich meine bloß, kein derart mächtiges, allumfassendes Unternehmen kann ernsthaft so ehrlich sein, stimmt's? So sauber. Irgendwas muss doch mal schieflaufen. Allein schon aus statistischer Wahrscheinlichkeit. Und nicht bloß Kleinkram. Was richtig Großes.»

«Aber wenn das stimmen sollte – und ich sage gar nicht, dass es *nicht* stimmt –, warum hat man dann nie was davon gehört? Wo sind die Skandale? Die Desaster?» Mr Jacks stellt sein Glas ab. «Das hätte man doch mitbekommen. Das wüsste man doch. Statistische Wahrscheinlichkeit hin oder her, wo sind die Beweise?»

«Vertuscht. Begraben.» Eine neue Stimme schaltet sich in das Gespräch ein: ein zartes, feminines Leiern vom anderen Ende der Theke. «Schön abgedeckt mit frischer Erde, hübschen Blumen.»

Die beiden Männer wenden sich der Stimme zu.

Flo hat sich kein Stück gerührt. Blickt auch nicht auf. Halb vorgebeugt stiert sie in ihren Drink, reibt den Daumen träge über das feuchte, trichterförmige Glas.

«Ein so großes Unternehmen mit einem derart langen Arm könnte doch wohl machen, was es will, meinen Sie nicht?» Jetzt dreht sie sich mit einem müden Lächeln zu den beiden Männern um. «Ein Unternehmen, das so wichtig für die Weltwirtschaft, ja überhaupt fürs Funktionieren der gesamten Welt ist, könnte doch wohl alles unter den Teppich kehren, kein Problem. Und die Staaten hätten nichts dagegen. Sie würden sogar dabei helfen. Weil man einfach nicht dulden könnte, dass so eine Säule der modernen Gesellschaft brüchig wird. Man würde nicht zulassen, dass die Menschen das Vertrauen ins Transportnetzwerk verlieren.»

Die beiden Männer sehen sie schweigend an.

«Zumindest», Flo hebt ihr Glas, trinkt aus, verzieht das

Gesicht, «könnte man das meinen. Wenn man an so was glaubt.»

Abermals hämmert ihr Herz. Einen Augenblick lang ist sie dankbar für das pinke Neonlicht hinter der Theke, weil es bestimmt das Rot verbirgt, das ihr spürbar ins Gesicht schießt.

Schließlich muss Carol grinsen. «Ganz genau.» Erneut holt er die dunkle Flasche unter der Theke hervor, macht einen Schritt zu Flo, stellt ihr ein leeres Schnapsglas hin. «So ist es. Ja. Genau das hab ich gemeint.» Er lacht ein bisschen.

Ein Schwall ins Glas, ein Nicken von Flo, und der Barmann kehrt zurück auf seine Position.

Mr Jacks mustert Flo noch eine kleine Weile, dann wendet er sich wieder seinem Drink zu, stützt den langen, dünnen Körper auf die Theke.

Kurz darauf schnaubt er ein kleines Lachen und blickt auf. «Weißt du, was mich am meisten stört, Carol?»

«Ach, Sie kennen mich doch, ich würde nie behaupten, irgendwas zu wissen, Mr Jacks.»

«Zu viel Becken.»

«Ach nee, Mr J.! Das ist unfair. Unter der Gürtellinie. Sie wissen doch, wie ich das sehe.»

«Trotzdem, ich bleibe dabei.» Der Alte richtet sich auf, hebt lässig das Glas, um seinen Punkt zu unterstreichen. «Immer übertreiben die es mit den Becken. Zu viel weißes Rauschen. Auf allen Frequenzen. Störgeräusche. Die überdecken alles andere.»

«Nee, die ‹überdecken› gar nix, Mr J.» Carol stöhnt

trotzig, lächelt aber weiter. «Die *füllen* nur die Lücken, die die andern Instrumente lassen. Machen alles massiver. Dichter. Schwerer.»

«Das heißt doch im Grunde nur, dass es in Wahrheit alles gleicher macht. Zu Einheitsbrei verschludert. Mir geht's ja gar nicht darum, wie gut oder schlecht der Schlagzeuger die Dinger schlägt, sondern nur darum, *was* er schlägt. Die *Qualität* des Sounds, die stört mich. Zu undifferenziert. Zu oberflächlich.»

«Nee, nee, Sir. Diese Ketzerei lass ich hier nicht zu. Nicht in *meiner* Bar. Wenn Sie so weitermachen, muss ich den letzten Drink doch noch berechnen. Sie müssen mal kapieren, wie der Sound …»

Flo hört gar nicht mehr zu. Lässt die Schultern hängen. Den Kopf sinken. Falls das ein Code zwischen den beiden Männern sein sollte, kann sie ihn nicht entschlüsseln. Oder der Alte hat ihre List durchschaut und schließt sie jetzt bewusst aus. Oder die zwei haben schlichtweg genug von ihr. So oder so hat sie ihre Chance wohl verspielt und sollte besser gehen. Sie legt ein paar Scheine neben ihr leeres Glas und nickt Carol dankend zu. Der nickt zurück. Sie nimmt die Tasche, rutscht vom Stuhl, will gehen.

«Wie geht denn Ihre Geschichte?»

Flo hat noch kaum einen Schritt gemacht. Jetzt bleibt sie stehen. Dreht sich um, den Mund ein Stück geöffnet. Der ältere Herr, Mr Jacks, sieht sie fragend an.

«Mal angenommen, dass sie eine haben. Was ich in der Tat annehme.»

«Ach … Nichts, was sie interessieren könnte.» Flo schluckt. Der Mann sieht sie noch immer an. Auf einmal wird sich Flo sehr ihres hitzigen Gesichts bewusst, ihrer dick geschminkten Lippen, ihres hochgerutschten Rocks. Langsam, fast unmerklich holt sie Luft, seufzt mit einstudierter Müdigkeit, so als überlege sie gelangweilt, ob sie es wirklich erzählen soll, so als wäre es ihr letztlich gleich. Ihr Hirn rast. «Gut, okay, wenn Sie's wirklich wissen wollen, meinetwegen … Es war meine Schwester. Sie –» Flo verzieht das Gesicht. «Also, meine Halbschwester, eigentlich, aber … das ist vielleicht auch nicht so wichtig.» Sie legt den Kopf auf die Seite. «Jedenfalls ist sie, ähm … ist ihr was passiert. Sie wurde durchs Netz geschickt, aber irgendwas ging schief. Ich mein, sie hatte das schon oft gemacht, so wie die meisten. Aber dann –»

Flo verstummt. Die Musik auch. In der plötzlichen Stille sieht Carol sie jetzt ebenfalls an. Sie fragt sich, ob all die anderen ihr auch zuhören: das Pärchen in der Ecke, der Mann neben der Tür. Die Musik läuft weiter. Bloß eine Pause zwischen zwei Tracks.

Mit der Schuhspitze schiebt Mr Jacks den Hocker neben sich ein Stück zurück. Flo zögert kurz, bevor sie zu ihm tritt. Bleibt noch kurz stehen, jetzt, wo sie so viel näher bei ihm ist. Dann setzt sie sich langsam auf dem Hocker zurecht.

Mr Jacks lässt sie dabei nicht aus den Augen. Er lächelt.

«Mir scheint, die Dame braucht noch einen Drink, Carol.»

«Aber gern. Noch mal dasselbe?»

Flo nickt. Während sie auf den Martini wartet, sieht sie sich in der Bar um. Das Pärchen knutscht nicht mehr, sondern sitzt jetzt so dicht wie möglich aufeinander, Stirn an Stirn, flüsternde Lippen. Der Mann neben der Tür beugt sich – den Hut noch immer tief über den Augen – über seine Zeitung, einen Kugelschreiber in der Hand. Ein Kreuzworträtsel? Vielleicht.

Der Martini wird serviert. Flo lächelt dankend und stellt wie nebenbei ihre Handtasche wieder auf die Theke. Mr Jacks sieht zu. Blickt direkt auf die Tasche und die rechteckige Beule an der Seite. Dann schaut er wieder Flo an.

«Also. Ihre … Schwester?»

«Halbschwester. Na ja, sie –» Flo nimmt einen Schluck Martini. Holt tief Luft. «Das Netz hat sie unfruchtbar gemacht.»

Ungerührt sieht Mr Jacks sie an. Keine Regung. Kein Stirnrunzeln. Nicht das geringste Mienenspiel.

«Ja klar, ich weiß schon, was Sie denken.» Kurz entfährt ihr ein nervöses Lachen. «Woher sollte man das wissen? Warum sollte das vom Netzwerk kommen? Ich werd's Ihnen sagen. Sie hatte schon ein Kind. Ein kerngesundes. Alles dran. Ein Junge. Mein Neffe. Oder Halbneffe. Oder wie auch immer. Und der –»

«Wie heißt er?» In Mr Jacks Stimme liegt keinerlei Gefühl, doch sein Blick ruht fest auf Flo, mustert sie unangenehm intensiv.

«Das spielt doch keine –» Flo richtet sich auf, runzelt

die Stirn. «Alex. Er heißt Alex. Also Alexander. Aber mir ist nicht ganz klar, was das –»

Mr Jacks schüttelt den Kopf, wendet sich ab. «Nur so.» Er lächelt. «Bitte, weiter.»

«Gut. Also.» Flo lässt ihre Stirn noch einen Augenblick gerunzelt. «Der Junge – *Alex* – ist nicht das Problem. Mit dem war alles in bester Ordnung. Ist es immer noch. Aber als sie, also meine Schwester –» Flo stockt. «Wollen Sie ihren Namen auch wissen?»

Mr Jacks zuckt mit den Schultern.

«Jedenfalls, sie wollte ein zweites Kind, und: Fehlanzeige. Auf einmal ging's nicht mehr. Beim ersten Mal hatte es auf Anhieb geklappt. Aber beim zweiten Anlauf wurde sie einfach nicht schwanger. Als wäre sie plötzlich vertrocknet.»

«Von so was hab ich auch gehört.» Der Einwurf kommt von Carol. Er nimmt Gläser aus einem Regal, poliert sie langsam, gründlich. «Von Frauen, die steril werden. Nichts fließt mehr und so. Sie denken, sie sind schwanger, aber Pustekuchen. Das hab ich gehört. Ich glaube, dafür gibt's ein Wort.»

«Nein, das war anders, meine Schwester hatte schon noch ihre, ähm, Menstruation. Völlig regelmäßig. Sie ist zum Arzt, aber es half alles nichts, und irgendwann hat man sie aufgeschnitten. Ein Scheibchen entnommen. Ein ganz dünnes. Wie heißt das noch –?»

«Biopsie.»

«Genau. Und die war ... Wie drückt man das am besten aus? Da war bloß ... Gewebe. Keine Eier. Nichts. Blank, sozusagen. Also ihre Eierstöcke. Die waren nur … bloß noch … Ich weiß nicht, ob es dafür überhaupt einen Begriff gibt. Sie waren einfach –»

Flo verstummt. Missmutig und nachdenklich schaut sie in ihren Drink. Innerlich aber grinst sie. Muss sich fast auf die Lippen beißen, um ihre Freude nicht zu zeigen. Sie hat eine gute Show geliefert. Kann zufrieden mit sich sein.

Mr Jacks hat aufmerksam zugehört. Hat sich sogar etwas vorgebeugt, um Flo beim Erzählen zuzusehen. Jetzt richtet er sich wieder auf. Und seufzt.

«Nein.» Er schüttelt den Kopf. «Leider völlig unplausibel.» Wieder klingt er komplett ungerührt. «Mit den Apparaten, meine ich, dem Netzwerk. Das würde nicht passieren. Kann es gar nicht.» Er nippt an seinem Drink. «Für Ihre Schwester tut mir das natürlich herzlich leid. Furchtbare Sache. Wirklich furchtbar. Aber mit dem Transportnetzwerk hat das ganz sicher nichts zu tun. Auf keinen Fall.»

Erneut schießt Flo das Blut in die Wangen. Nicht aus Scham diesmal, sondern aus Wut. Wie ungeniert er ihre Worte abfertigt! Dass die Geschichte frei erfunden ist, spielt keine Rolle. Er hat kein Recht, ihr einfach nicht zu glauben. Nicht, nachdem sie so viel Mut aufgebracht hat, um all das zu erzählen. Seine Arroganz bringt sie zur Weißglut. Sie versucht, das zu verdrängen, indem sie insistiert.

«Also wirklich, bloß weil man es nicht beweisen kann, ist es noch längst nicht –»

«Nein.» Mr Jacks unterbricht sie mit einem weiteren lässigen Kopfschütteln. «Die Geräte funktionieren einwandfrei, verstehen Sie. Perfekte Analyse, perfekte Replizierung, perfekter Transport, perfekte Integration oder Reintegration oder wie auch immer man das nennen will. Absolut perfekt. Und genau da liegt das Problem.»

«Das Problem an meiner Geschichte, meinen Sie?» Flo blickt ihn skeptisch an. «Ein Problem ist das doch nur, wenn man wie Sie annimmt, dass das System perfekt ist. Und wie soll man das sicher wissen, wenn –»

«Sie missverstehen mich.» Mr Jacks hält sein Glas am Rand und lässt es lässig baumeln. «Dass das System *funktioniert*, ist das Problem! Weil es das nicht sollte. Weil es das im Grunde gar nicht kann. Allein die Vorstellung ist doch völlig verrückt. Geradezu grotesk! Kein Mensch versteht genau, wie dieses Ding tut, was es tut.» Er schnaubt belustigt. «Und *das* ist das Problem. Die wissen letztlich nur – und das auch nur durch Anschauung, was nicht viel zählt –, dass es nun einmal funktioniert. Absolut fehlerfrei. Und genau da liegt der Fehler. Finden Sie nicht?»

Flo beißt die Zähne zusammen. Sie will sich die Müdigkeit aus den Augen reiben, zuckt aber gerade noch zurück, bevor sie den Mascara verschmiert. Unwillkürlich schweift ihr Blick zur Beule in der Handtasche. Geschickt macht sie daraus ein langes Blinzeln in Richtung ihres Gegenübers.

«Dann … ist das System also nicht sicher? Weil, also, wenn nein, wäre das nicht auch –»

«Sicher? Doch, natürlich ist es sicher! So sicher irgendwas auf der Welt sein kann. So ‹sicher› wie das Leben, sozusagen. Ich meine nur, dass niemand weiß, wie all das genau funktioniert. Die ganze Sache ist – mal höflich ausgedrückt – vollkommen hanebüchen.»

Mr Jacks trinkt aus und stellt das Glas auf die Theke. Er schiebt es Carol zu, der es umgehend wieder auffüllt.

«Ich –» Flo zögert. Lacht nervös. Sie hat das Gefühl, dass ihr hier irgendwas entgeht. Aber vielleicht spielt das auch keine Rolle, solange sie den Mann am Reden hält. Früher oder später wird schon etwas Nützliches dabei sein, irgendwas, das er nicht hätte sagen sollen. «Ich glaube, ich kann Ihnen nicht ganz folgen.»

«Ach, das macht gar nichts, keine Sorge.» Mr Jacks lächelt ihr aufmunternd zu. «Wirklich ‹verstehen› kann das niemand. Das ist ja gerade der Punkt.»

Verschwörerisch beugt er sich zu ihr hinüber. Flo tut es ihm gleich. Und obwohl Carol sich kaum rührt, scheint auch er seine Präsenz ein wenig intensiver auf den kleinen Raum zu fokussieren, den das Gespräch gleich einnehmen wird.

Wieder lächelt Mr Jacks.

«Natürlich haben die Entwickler da so ihre Theorien. Ihre ganz eigenen Philosophien: über Partikel und Subatome, über die Dekonstruktion und Reorganisation von Materie und so weiter. Und das ist ja auch gut und richtig. Theorien sind praktisch. Aber erst kommt die Realität. Das sind alles nur Erklärungsmodelle. Bloß irgendwie entdeckte Formen, die zufällig in das gezackte Loch des gestellten Rätsels passen. Zwar vielleicht nur grob, aber immerhin passen sie überhaupt rein. Wie ein Spielstein, den man durch die falsche Öffnung steckt. Besser gesagt: die richtige Öffnung, aber der falsche Stein. Definitiv falsch, aber er passt trotzdem durch. Und dann versuchen Dutzende Wissenschaftler, den Stein so umzuformen, dass er genauer in das Loch passt. Und Dutzende andere Wissenschaftler suchen zugleich nach einer ganz anderen Lösung, nach einem ganz anderen Spielstein. Und hin und wieder finden sie auch einen, und eine Weile halten den dann alle für den einzig richtigen, für die endgültige Wahrheit. Bis jemand den nächsten findet. Und den übernächsten und den überübernächsten. Und alle scheinen sie zu passen. Irgendwie. Wobei natürlich niemand wagen würde, noch mal zu einem alten Stein zu greifen. Und solange alles funktioniert, ist es ja letztlich sowieso egal. Im Grunde müssen sie es gar nicht wissen. Und die Leute, die es nutzen, müssen es auch nicht wissen. Und am allerwenigsten müssen es die Fabriken wissen. Die bekommen ihre Aufträge, und dann pressen sie eben eine Siliziumscheibe oder gießen einen goldbeschichteten Kontakt, je nach der aktuellsten Vorlage. Nach Schnittmustern kann jeder schneidern, solange er sein Handwerk halbwegs beherrscht. Alle können sich einreden, dass sie wissen, was sie tun, dass sie sogar so was wie Experten sind. Aber keiner kapiert's wirklich, verstehen Sie? Keiner weiß es genau. Dabei würden die, wenn sie nur etwas länger nachdächten, wenn sie sich davon frei machen würden, was sie einfach nur als wahr akzeptiert haben, und sich fragen würden, was denn wirklich plausibel ist … Tja, dann würde ihnen womöglich dämmern, dass die ganze Nummer, wenn ich mal so frei sein darf, einfach haarsträubend absurd ist.» Mr Jacks richtet sich wieder auf. «Die ganze Branche beruht auf einer Lüge. Oder, um es etwas weniger dramatisch auszudrücken: auf einem Missverständnis.»

«Moment, meinen Sie etwa –?» Auch Flo richtet sich auf. Ihr Kopf schwirrt. Sie blinzelt. Blickt in ihr leeres Glas. Blickt Carol an, doch der ist schneller, stellt ihr schon ein Glas Wasser auf den Tresen, schiebt in derselben fließenden Bewegung einen Bierdeckel darunter. «Also, das heißt doch …» Als Flo sich wieder zu Mr Jacks umdreht, sieht der sie ungerührt an. Wartet. «… dass es tatsächlich funktioniert, oder? Oder doch nicht? Entschuldigung, ich will das nur verstehen.»

«Was? Dass das System Sie auseinandernimmt? Zu nichts zerlegt? Durch eine Leitung jagt, als wären Sie lediglich ein Haufen wuselnder Elektronen? Und Sie dann wieder voll zusammensetzt? Komplett funktionstüchtig? All diese Milliarden von Partikeln? Die alle in die richtige Richtung fließen, perfekt abgestimmt? Und auch das Blut fließt wieder richtig? Die Zellen machen einfach weiter, als wäre nichts gewesen? Die kompliziertesten Gedanken werden genau da wieder aufgenommen, wo sie aufgehört haben?» Mr Jacks neigt den Kopf zur Seite, kneift die Augen ein wenig zusammen. «Haben Sie auch nur die leiseste Vorstellung, wie viel Strom man dafür brauchen würde? Wie viel schiere Energie?

Unmöglich. Jeder, der halbwegs bei Verstand ist, weiß das. Ein Hirngespinst. Pure Fantasie.»

«Aber … Ich hab schon gesehen, dass es funktioniert.» Flo klingt vorsichtig. Umfasst ihr Wasserglas mit beiden Händen. «Das klappt tatsächlich. Ich hab sogar oft … Ich kenne Leute, die damit gereist sind, regelmäßig. Ich hab sie kommen und gehen sehen.»

«Ach, haben Sie das? Wirklich?» Mr Jacks grinst breit und dünn. «Oder haben Sie es nur geglaubt? Ist das, was Sie gesehen haben, tatsächlich passiert, oder dachten Sie das bloß, weil Sie es so erwartet haben? In Ihrer Vorstellung ist ganz genau passiert, was man Ihnen vorher eingeredet hatte.»

«Ich, ähm … was?»

Doch Flo kann ihre Verwirrung nicht zu Ende formulieren. Eine Störung ist aufgetreten. Das so ineinander vertiefte Pärchen ist an die Bar gekommen. Die zwei sind aus dem steten Strom des Jazz und der von grünlich rosa Licht gesäumten Schummrigkeit getreten, stehen an der Theke und bestellen neue Drinks.

Flo wendet sich ab. Stellt ihr Glas weg. Senkt den Kopf. Die beiden sollen sich auf keinen Fall eingeladen fühlen, sich an ihrem Gespräch zu beteiligen.

Die zwei sind jung. Er ist lang und dünn, kümmert sich um die Bestellung und sieht Carol aufmerksam beim Mixen zu. Sie ist klein und mollig. Sie lehnt sich neben Flo rücklings an die Theke.

Flo fühlt sich beobachtet, linst kurz zur Seite. Die Frau blickt direkt zu ihr, strahlt sie an. Flo lächelt zurück, und da grinst die andere richtig. Wissend verdreht sie die Augen. Flo runzelt die Stirn, doch die Frau zuckt nur die Achseln und nickt in Richtung Tür. Flo wirft einen kurzen Blick über die Schulter, doch niemand Neues ist hereingekommen. Der einzige andere Gast sitzt immer noch allein an seinem Tisch über seiner Zeitung, über seinem Kreuzworträtsel, immer noch in Hut und Regenmantel, als wollte er jeden Moment gehen, als hätte er nur mal kurz reingeschaut.

Auf weitere wortlose Erklärungen hoffend, dreht Flo sich zu der Frau zurück, doch die hat das Interesse wohl verloren und ist wieder voll und ganz bei ihrem Freund, der die Drinks ins private Dunkel ihres Ecktischs trägt. Flo sieht ihnen nach.

«Es gibt da allerdings noch eine andere Theorie. Möchten Sie die hören?»

Mr Jacks sieht sie jetzt wieder an, genauso eindringlich wie vorher. Flo weiß selber nicht mehr, was sie will. Erhofft hat sie sich jedenfalls was völlig anderes. Sie nickt höflich. Und Mr Jacks fährt eifrig fort.

«In Wahrheit, heißt es, wird rein gar nichts transportiert. Also nicht im eigentlichen Sinn. Der eine Apparat vernichtet Sie komplett, und der andere setzt Sie nicht etwa wieder zusammen, sondern konstruiert Sie komplett neu, eine brandneue, identische Version von dem, was kurz davor zu existieren aufgehört hat. Von einem selbst fließt dabei gar nichts.» Mr Jacks hält inne. Lacht. «Überhaupt nichts fließt da!»

Flo lacht nicht. Flo wird das alles immer unangenehmer. Flo beschleicht allmählich das Gefühl, sie sei vielleicht doch nicht ganz der Mensch, für den sie sich bisher gehalten hatte. Aber falls Mr Jacks das auffällt, lässt er es sich nicht anmerken.

«Mir sagt diese Theorie ja zu, wissen Sie. Irgendwie klingt sie plausibler. Dass man da nicht tatsächlich durch die Leitung reist. Nicht als man selbst. Nicht in Partikelform. Nur die Daten werden übermittelt. In gewisser Weise ist das, was am anderen Ende ankommt, also gar nicht mehr man selbst. Und dann wieder doch. Denn was zählt es schon, aus welchem Stoff das neue Selbst gemacht ist? Solange alles da ist, wo es hingehört, solange Aufbau, Vektoren und Geschwindigkeit stimmen, ist das neue genauso man selbst wie das alte. Zumindest lässt sich das mit Recht behaupten.»

«Und … glauben Sie das wirklich?» Vergebens klammert Flo sich an dieser Idee fest. «Das dürfte den Leuten nämlich kaum gefallen. Wenn sie's wüssten. Wenn sie dächten, dass sie nicht sie selbst bleiben. Wenn sie annehmen müssten, dass sie erst –»

«Aber sie *wären* es ja, verstehen Sie nicht? Sofern die Replizierung akkurat ist, sind sie es. Der Körper tauscht ja auch so im Lauf der Jahre seine Zellen aus, seine Atome. Das tun wir alle, immer. Der Mensch, der wir heute sind, besteht nicht mehr exakt aus demselben Material wie der von gestern. Und wenn wir nicht die ganze Nacht durchmachen, können wir nicht mal sicher sein, ob wir morgens als derselbe Mensch aufwachen. Letztlich haben wir keine Ahnung, was da in der Zwischenzeit abläuft. Im

Nichts des Schlafes. Im Wirrwarr der Träume, in dem unsere Gedanken reorganisiert, rekonstituiert werden. Und zu was macht uns das alles, wenn wir wieder aufwachen? Tja, wer weiß.»

Mr Jacks hebt kapitulierend die Hände. Flo will etwas sagen, das Gespräch wieder in die gewünschte Bahn lenken. Sie muss es wenigstens versuchen. Doch während sie nach Worten fischt, kommt ihr eine andere Stimme zuvor.

«Ich hab auch 'ne Theorie. Eine gute. Vielleicht sogar die einzig wahre.» Es ist Carol. Er stützt beide Hände auf die Theke. Blickt ernst. «Wenn ich mich denn einklinken darf?»

Mr Jacks nickt ihm zu.

«Ich hab darüber nachgedacht, und ich glaube ... das ist ein bisschen so wie Zeitreisen. Wissen Sie, was ich meine?»

Unwillkürlich zieht Flo die Brauen hoch, vertuscht ihre entgeisterte Miene jedoch, indem sie schnell gespannte Neugier vortäuscht, den Kopf lächelnd auf die Seite legt und ermunternd nickt.

«Also jedenfalls, was Mr Jacks da über die Reorganisation von Materie gesagt hat, das klingt für mich einfach nach Zeitreise. Weil, na ja, all das Reorganisieren und Rekonstituieren, das bezieht sich doch auf einen früheren Zustand, stimmt's? Also, vielleicht nur ein winziges bisschen früher, weil das ja in der Leitung alles quasi mit Lichtgeschwindigkeit passiert, so wie Strom oder Funkwellen. Aber es bleibt doch eine Geschwindigkeit, eine

Zeitspanne, oder? Und was genau *ist* man eigentlich in dieser Zeit? Also, wenn man beim Zusammensetzen wieder ganz genau dasselbe ist wie beim Zerlegen, was war man dann in der kurzen Spanne dazwischen? Was quasi die Frage aufwirft, ob man während der Reise – wenn man das noch Reise nennen kann – überhaupt noch existiert?»

«Nicht schlecht!» Anerkennend richtet Mr Jacks den Zeigefinger auf den Barmann. «Wirklich gut, Carol. Du hast dich selbst übertroffen.»

Flo nickt abermals. Frischt ihr Lächeln auf. Doch sie bleibt stumm. Fühlt sich träge. Aufrecht zu sitzen, fällt ihr immer schwerer.

«Genau, und wenn man diese Zeitspanne, na ja, also quasi dehnen könnte?» Carol strahlt. Er präsentiert seinen grandiosen Einfall gleichermaßen Mr Jacks und Flo, blickt mit funkelnden Augen zwischen den beiden hin und her. «Also, verlangsamen, praktisch? Durch eine längere Leitung schicken? Superlange Spulen, Millionen Kabelkilometer?»

«Sozusagen wie ein riesiger Widerstand! Sehr gut!» Begeistert schlägt Mr Jacks die Faust auf den Tisch.

Carol zuckt die Achseln. «Damit kenn ich mich nicht aus. Aber ja, von mir aus, wie ein Widerstand. Jedenfalls, wenn man das Ganze so weit runterbremsen könnte und man immer in der Leitung bleiben würde, dann – tada! – könnte man in der Zeit reisen.»

«Aber natürlich nur vorwärts.» Mr Jacks hebt mahnend den Finger. «Zurück könnte man damit nicht – in eine frühere Zeit, zu einem jüngeren Selbst.»

Carol überlegt. «Stimmt. Rückwärts geht es nicht.»

Flo steht von ihrem Hocker auf. Streckt sich ein wenig. Blickt auf ihre Uhr. «Sehr schön, Carol. Eine gute Theorie.» Sie greift nach ihrer Handtasche. Ihre Hände zittern, doch das dürfte wohl keinem auffallen. «Aber jetzt muss ich mal los.»

«Oh, das tut mir leid.» Mr Jacks sieht nicht so aus, als täte ihm irgendwas leid. «Jetzt haben wir so lange geredet und dabei ihr Problem mit Alice nicht mal annähernd gelöst.»

«Das macht nichts, ich –» Flo stockt, sieht ihn an, den Träger ihrer Handtasche halb auf der Schulter. «Äh, mit wem?»

«Mit Ihrer Schwester und deren Unfruchtbarkeit. Das haben wir nicht geklärt. Wobei ich ohnehin dabei bleibe, dass es nichts mit dem Apparat –»

«Ich … ich habe keine Schwester namens Alice.»

«Ach so?» Mr Jacks wirkt irritiert. «Wie komme ich dann darauf?» Die Irritation verfliegt schnell wieder. «Jedenfalls können Sie das schlecht dem Netzwerk in die Schuhe schieben, wo doch –»

«Mr Jacks, bitte.» Flo hat die Nase voll. Inzwischen ist ihr klar, dass sie einen Fehler gemacht, sich den Falschen ausgesucht hat. Ein Sonderling ist der, ein Spinner. Nicht weil seine Worte keinen Sinn ergäben, sondern weil es keinen Sinn ergibt, dass das Netzwerk selbst angeblich keinen Sinn ergibt. Der Gedanke macht sie wütend, und einen Augenblick lang durchschneidet diese Wut den Alkoholschleier des Abends. «Wenn Sie ernsthaft behaupten wollen, dass die selbst keine Ahnung haben, wie ihre Apparate funktionieren, dass die noch *nie* eine Ahnung davon hatten, dann kann man denen das sehr wohl vorwerfen, finde ich. Es hat doch sicher Tests gegeben. Es gibt immer Tests. Und bei den Tests wird auch mal was schiefgegangen sein. Bevor alles geklappt hat, wird auch mal irgendwas nicht geklappt haben. Und das könnte auch heute noch passieren. Leute könnten … verändert werden. Das Netzwerk könnte versagen. Und außerdem –»

«Oh, nein, nein! Völlig verkehrt.» Mr Jacks tippt mit dem Finger auf die Theke. «Das ist nicht der Punkt. Das ist nicht das Problem, kein Stück. Der eigentliche Punkt ist, dass wir ein System akzeptieren, das niemand wirklich versteht. Ein System, das nicht mal Sinn ergibt. Und doch verlassen wir uns alle darauf. Glauben daran. Vertrauen ihm blind. Wir benutzen es, weil man uns sagt, dass es funktioniert. Wir nehmen das hin. Haben keinen Grund, es anzuzweifeln. Und jetzt sind wir daran gewöhnt. Wir werden es weiternutzen, egal, was irgendwer darüber sagt. Und zu was macht uns das? Die Frage ist nicht, was das System tut oder nicht, während wir es nutzen, sondern: Wie verändert uns schon seine bloße Existenz? Was für Menschen sind aus uns geworden? Es beherrscht uns. Bestimmt unser Leben. Und wir lassen das zu. Wir laden es förmlich dazu ein –»

«Bitte, Mr Jacks, hören Sie auf.» Flo hat die Hand gehoben. Das Zittern ist inzwischen ziemlich offensichtlich, doch ihr ist das jetzt egal. «Bitte. Hören Sie einfach auf.» Sie holt tief Luft. Will es noch ein letztes Mal versuchen. «Wollen Sie ernsthaft behaupten, dass Sie in all den Jahren, bei all den Millionen und Abermillionen Nutzern des Netzwerks, die pausenlos durch die Apparate reisen, dass Sie da von keinem einzigen ernsthaften Zwischenfall gehört haben? Von keinem einzigen Toten? Keinem … irgendwas? Von gar nichts?»

Mr Jacks blickt sie an, sieht nicht aus, als ob er etwas sagen wolle. Schließlich bricht Carol das Schweigen.

«Ich glaube, Mr Jacks will sagen …» Der Barmann spricht ganz ruhig und leise. «Dass es nicht darum geht, *ob* die Apparate funktionieren, sondern darum, dass sie gar nicht funktionieren *müssen*.»

«Wie bitte?»

«Das ganze Netzwerk. Völlig unnötig. Mal abgesehen von den Arbeitsplätzen, klar. Wobei es letzten Endes wahrscheinlich nur eine Art von Arbeit durch eine andere ersetzt.»

«Wie bitte?»

«Carol hat recht.» Mr Jacks schaltet sich wieder ein. Ruhig, sachlich. «Einfach nur zu tun als ob, wäre viel besser, meinen Sie nicht? Mit Pappkartons und straff gespannten Schnüren.»

«Genau.» Carol nickt schwer und ernst. «Einfach nur die Fantasie ein bisschen spielen lassen.»

«Mal einen Tag die Plätze tauschen.»

«Viel weniger Aufwand.»

«All dieses Brimborium. Und wozu soll das gut sein?»

«Gut, man kommt ein bisschen schneller von A nach B.»

«Und freut sich wahnsinnig darüber.»

«Zumindest wollen die, dass wir das glauben.»

«Aber was wird aus uns, wenn wir weiterhin –»

«Gentlemen.» Diesmal hebt Flo beide Hände. «Vielen Dank. Es war mir ein Vergnügen. Sehr ... erhellend. Aber ich muss los. Ich gehe. Und zwar nach Hause, weil das hier ehrlich gesagt – aber das ist Ihnen ja wohl beiden ohnehin klar – absoluter Unsinn ist.»

«Bingo!» Mr Jacks grinst breit. «Siehst du, Carol, ich glaube, langsam kommt sie dahinter.»

Flo macht auf dem Absatz kehrt. Ein Schritt nach vorn, dann wirbelt sie wieder herum. «Wissen Sie was? Ich hatte eigentlich echt gehofft, ich kriege einfach eine klare Antwort.»

«So geht es anfangs allen.»

«Ich dachte, gerade *Sie* würden vielleicht –»

Eine Pause.

Mr Jacks hebt die Brauen. «Ja?»

Flo öffnet den Mund und schließt ihn wieder. Macht kehrt und geht zur Tür. Sie kommt vorbei an dem Mann in Hut und Regenmantel, der – Kopf gebeugt, Drink ungetrunken – immer noch in seine Zeitung kritzelt. Als Flo näher kommt, blättert er um, versteckt die rechte Hand unter der Zeitung. Er blickt nicht zu ihr auf.

Die Nacht draußen ist kühl und feucht. Eine schmale Backsteintreppe führt hinauf zur Straße. Auf dem Gehsteig bleibt Flo stehen, öffnet den Reißverschluss ihrer Handtasche und zieht das schwarze Diktiergerät heraus. Sie stoppt die Aufnahme und wirft energisch die winzige Kassette aus.

Sie knirscht mit den Zähnen. Am liebsten würde sie das verdammte Teil in die Gosse schleudern und den ganzen elenden Abend vergessen. Stattdessen seufzt sie bloß. Die Dinger sind nicht billig. Also wieder ab in den Rekorder und zurückspulen.

Auf der Straße ist es totenstill. Um diese Zeit ist niemand unterwegs. Flo faltet einen kleinen zerfledderten Stadtplan auf. Zwei Straßen weiter müsste eine öffentliche Telekabine stehen. Wenn die keiner kaputt gemacht und Flo das passende Kleingeld dabeihat, ist sie in fünf Minuten zu Hause.

Das Gerät ist fertig mit Zurückspulen, macht Klick und ist bereit, eine neue Story aufzunehmen – eine schlüssigere, eine, die Flos Leser vielleicht sogar interessiert. Sie steckt den Rekorder wieder in die Handtasche und torkelt die Straße entlang.

7. LETZTE ABENDMAHLE

Er war ein Junge, der immer alles auseinandernahm. Er trennte die Nähte von Teddys auf, um nach dem Brummer im Innern zu suchen, aus schierer Neugier nach dem Ursprung ihrer freudlosen Laute. Actionfiguren drehte er die Glieder ab, um herauszufinden, wie ihre Kugelgelenke funktionierten. Gab man ihm einen verdrehten Zauberwürfel, brach er ihn mit einem Küchenmesser auf, legte sich die Teile ordentlich zurecht und setzte ihn korrekt wieder zusammen.

Seine Eltern fanden sein Benehmen gar nicht seltsam, hielten ihn für einen ganz normalen Jungen: immer wissbegierig, sitzt nie still, gibt sich nie zufrieden mit dem Offensichtlichen. Auch wenn andere Eltern nie Vergleichbares berichteten.

Seinen ersten Computer bastelte er sich aus diversen, von anderen für Schrott befundenen Elektrobauteilen und rüstete ihn über die Jahre mit weiteren ausgemusterten Elementen auf. Die meisten sahen in seinem Rechner nur ein hässliches Kuddelmuddel aus frei liegenden Platinen, blanken Kabelenden und Lötpunkten, an denen man leicht mit dem Ärmel hängen bleiben konnte. Neue elektrische Geräte schafften seine Eltern nur zaghaft an, aus Sorge, dass sie früher oder später zerlegt und ausgeplündert würden. Doch ihre Furcht war unbegründet: Nichts, was sie kauften, ging je kaputt. Zumindest nicht wegen ihres Sohns. Und wenn wirklich mal etwas nicht funktionierte, fand er den Fehler und reparierte das Gerät.

Und so schafften bald auch sie, genau wie praktisch jeder andere Haushalt, für die Familie einen Heimtransporter an.

—

«Dann gibst du letztlich also ihnen die Schuld? Deiner Mutter und deinem Vater?»

Der Mann war ausgesprochen groß und ganz in Schwarz gekleidet. Sein Anzug und sein Hemd waren so tiefschwarz, dass man die einzelnen Stoffschichten nicht auseinanderhalten konnte. Die schwarze Krawatte, der schwarze Kragen und der schwarze Hals verschwommen zu einem einzigen Schatten. Beim Sprechen wackelte sein breiter Kopf ein wenig, so als hielte seine Last sich nur gerade so in der Balance. Er stand in der düstersten Ecke des Zimmers. Seine Augen waren vollständig hinter einer dunklen Brille verborgen, doch die kleinen runden Gläser richteten sich unablässig auf den Jungen.

«Meinen Eltern? Letztlich? Hm. Nein, eigentlich nicht. Wenn ich damit mal anfange, wo soll das enden? Bei meiner Geburt? Bei der meiner Eltern? Am Anfang der

Menschheit? Beim Sein an sich? Nein. So kann ich nicht denken. Ich gebe nicht mal den Herstellern die Schuld. Im Grunde niemandem. Nicht mal mir selbst. Wieso auch? Schuld ist, hm, irgendwie das falsche Wort.»

Der Junge war groß und blass, hatte spindeldürre Glieder und langes schwarzes Haar, das ihm in weichen Wellen auf die Schultern fiel. Er hatte die Slipper auf die oberste Strebe seines hölzernen Hockers gestellt, sodass er bequem die Unterarme auf die Knie stützen konnte. Der hellblaue Overall, den er anhatte, saß schlecht an ihm, obwohl er alle vier Bündchen hochgekrempelt und sich einen Leinengürtel umgeschnallt hatte. Beim Sprechen sah er den Mann niemals direkt an. Stattdessen blickte er an die Wand gegenüber, auf den Boden oder an die vergitterte Leuchtröhre über sich und richtete seine Worte an die Luft.

«Ich verstehe schon, dass die gern einen hätten. Einen Schuldigen, meine ich. Ist ja vermutlich auch ihr gutes Recht.»

«Du musst so was nicht sagen. Du musst nicht mal mehr etwas glauben. Nichts akzeptieren.» Der Mann bewegte sich. Ganz kurz nur beugte er sich aus seiner Ecke, und von oben fiel das Licht auf ihn, ohne allerdings die Schwärze seiner Gestalt zu mildern, ja, es unterstrich sie eher noch, als schnitte es ein menschenförmiges Loch in die hellere Umgebung. Dann zog er sich wieder zurück an die Wand. «Du bist zu nichts verpflichtet. Reue ändert an der Lage nichts. Die können sich keinen Rückzieher erlauben. Es geht hier nicht um Gnade, sondern um ein Exempel. Um Abschreckung.»

Der Junge schnaubte. Verstohlen ließ er den Blick hinauf zu den winzigen schwarzen Löchern in den Ecken huschen: Mikrofone, Kameras et cetera. Das Gespräch war keineswegs vertraulich, so viel war ihm klar. Die lauerten nur darauf, dass ihm irgendwas Verwertbares herausrutschte. Aber es gab ja gar nichts, das ihm hätte herausrutschen können. Er hatte ihnen alles gesagt.

Auf dem Tisch vor dem Jungen lag ein Klemmbrett mit einem einzelnen bedruckten Blatt Papier. Eine Speisekarte. Er betrachtete die lange Liste der Optionen, hinter denen je ein leeres Kästchen darauf wartete, angekreuzt zu werden.

«Und wenn ich gar nichts davon möchte?»

«Das ist bloß zur Orientierung. Manchen Leuten fällt nichts ein, weil sie in so einer Lage nicht an Essen denken können. Nur ein kleiner Anstoß, eine Erinnerungshilfe, damit ihnen wieder in den Sinn kommt, was sie früher gern gegessen haben. Oder sie sehen was, das sie schon immer mal probieren wollten.»

Der Junge nahm das Blatt vom Brett und drehte es um. Dann zog er den Deckel vom bereitgelegten Filzstift und notierte seine Wahl.

—

Der neue Apparat sollte in die alte Speisekammer. Der Einbau verlief schnell und effizient. Ein paar Männer kamen und setzten das Gerät auf dem Küchenboden zusammen, ehe sie es in einem Stück, ganz langsam, an den ihm zugeteilten Platz schoben, so mühelos, als wäre es bloß eine neue Waschmaschine. Anschlüsse wurden gelegt, Tests wurden vorgenommen, und schon bald war das Ding bereit zum ersten Einsatz.

Der Apparat passte wie angegossen in die Öffnung. An ihn heranzukommen, um ihn genauer in Augenschein zu nehmen, war schwierig, wenn auch nicht unmöglich. Die ersten Wochen zeigte der Junge kaum Interesse an dem Gerät und benutzte es selten. Als seine Eltern aber eines Nachmittags nicht zu Hause waren und er wusste, dass sie mehrere Stunden unterwegs sein würden, schob er seinen unansehnlichen Computer in die Küche, fand den Wartungsanschluss des Transporters und stöpselte sich ein.

Einfach so. Er versuchte nicht einmal, seine Schritte zu verbergen. Er wollte ja auch gar nichts tun. Bloß mal schauen.

Eine Ewigkeit saß er nur da und sah dem Datenstrom auf seinem Bildschirm zu. Eine sonderbare Sprache war das, doch ein paar Aspekte durchschaute er: wiederkehrende Muster, die eine klare linguistische Struktur offenbarten. So saß der Junge da und schaute, lernte, und nach einer Weile merkte er, dass mit dem Code etwas nicht stimmte.

—

«Du hast einen Fehler entdeckt. Wolltest ihn korrigieren. Völlig verständlich. Gibt weiß Gott Schlimmeres.»

«Nein, keinen Fehler, eigentlich. Nicht direkt.»

Die Speisekarte war abgeholt worden, inzwischen

standen mehrere mit dünner Pappe bedeckte Aluminiumschalen auf dem Tisch. Der Junge beugte sich vor, inspizierte die krakeligen Symbole inmitten der durch die Pappe triefenden Fettflecken. Er hielt seine Handflächen nacheinander über die Behälter, berührte jedoch keinen. Dann lehnte er sich wieder zurück und verschränkte die Arme.

«Willst du gar nichts essen?»

«Surrt noch ein bisschen. Ich lass es lieber noch kurz stehen.»

«Macht das denn was aus?»

«Hm, na ja, nein. Wahrscheinlich nicht.» Der Junge seufzte, beugte sich erneut nach vorn. «Ist nur so eine Angewohnheit.»

Er machte sich daran, die Alu-Ecken aufzubiegen, mit der Spitze seines Plastiklöffels die Deckel anzuheben und sie sauber am Rand des Tischs zu stapeln.

Von den Speisen stieg Dampf auf.

Sein Eingriff in den Apparat blieb völlig unkommentiert. Seine Eltern hatten nichts bemerkt. Niemand klopfte an die Haustür.

Bei der nächsten Gelegenheit untersuchte er das Innenleben des Geräts – nur ein bisschen allerdings. Behutsam hebelte er den Apparat ein Stück an und zog ihn sanft aus seinem Loch, sodass die groben Seiten frei lagen wie bei einem teilweise von seinen Schalen befreiten Weichtier. Er achtete darauf, keine Anschlüsse zu unterbrechen, damit niemand die Inspektion bemerkte. Dabei kam er sich vor, als entschärfe er eine Bombe – zumindest stellte er sich das Entschärfen von Bomben in etwa so vor.

Tatsächlich faszinierte ihn der militärische Aspekt. Das hatte er im Code erkannt: die nötigen Schutzvorrichtungen. Eine separate Reihe Parameter und Befehle neben dem zentralen Code, nicht vollständig integriert, noch nicht ins Ganze eingebunden.

Der Apparat führte zwei wesentliche Scans durch. Die erste Analyse sollte organische und anorganische Materie unterscheiden und den Transportvorgang automatisch und unumgehbar stoppen, sofern etwas entdeckt wurde, das irgendwie zur Waffe taugte. War dieser erste Test aber bestanden, erfolgte der zweite Scan, der das Objekt völlig holistisch betrachtete. Sämtliche beim ersten Scan gewonnenen Daten wurden dabei gelöscht.

—

«Und das war der Fehler, den du entdeckt hattest? Vielleicht hättest du das bei der Verhandlung mal erwähnen sollen.»

«Hmm, nein. Davon wurde mir abgeraten. Es hieß, ich würde mir womöglich selber schaden, wenn ich versuchte, das Vertrauen ins Netzwerk zu untergraben. Und das klang schon irgendwie plausibel.»

Kleine Happen aus jeder der Aluschalen waren herausgenommen und in eine einzelne Schüssel gehäuft worden. Der Junge pustete auf das Essen, rührte um und aß gemächlich.

«Die Staatsanwaltschaft hätte mir jedes Wort im Mund umgedreht. Hätte tief in die juristische Trickkiste gegriffen: Sätze zerpflückt, mich in die Enge getrieben, stolpern gelassen. Da ging es nie um die Wahrheit, sondern nur darum, mich dumm aussehen zu lassen oder leichtsinnig oder, hm, gleichgültig? Bloß eine Show, um die Leute zu überzeugen, dass das Netzwerk immer noch vollkommen sicher ist. Was sollte ein halbes Hemd wie ich auch schon wissen? Nein, nein, falls die einen Kampf wollten, dann nicht mit mir. Besser die Füße still halten, so wie geraten.»

–

Trotz des Fehlers beeindruckte ihn das System ungeheuer, jetzt, wo er es genauer unter die Lupe genommen hatte. Doch ihm war auch klar, dass es sich noch verbessern ließ. Er wusste, dass *er* es verbessern konnte. Er konnte es einfacher machen, sicherer. Und wenn er es richtig anstellte, sie damit beeindruckte, würden sie ihm vielleicht sogar einen Job anbieten. Ganz ohne den üblichen Bewerbungsquatsch. Ja. Er würde seine Fähigkeiten unmittelbar unter Beweis stellen.

Theoretisch war es leicht. Gezwungenermaßen funktionierten alle Apparate in zwei Richtungen. Jeder einzelne war mit jedem anderen verbunden, wie weit entfernt auch immer er sich befand. Der Code steckte nicht etwa in einem zentralen Server, sondern war fundamentaler Bestandteil jedes einzelnen Geräts. Dadurch wurde gewährleistet, dass zum Beispiel bei einem lokalen

Stromausfall überall sonst alles normal weiterlief. Das sollte ein Vorteil sein und einen Totalabsturz des Systems verhindern. War und tat es auch. Doch wenn man wusste, wie, ließ es sich noch anderweitig ausnutzen.

Der Plan war, ein kurzes Störsignal zu senden. Das würde sämtliche Apparate anstecken, aber nur so lange, wie der Junge es wollte. Gar nichts wirklich Neues, er würde einfach nur die vorher identifizierten Aspekte des Codes integrieren. Ganz leicht. Niemand käme zu Schaden. Schlimmstenfalls würde man seine Aktion als lästigen Streich ansehen.

Zehn Sekunden. Mehr brauchte er nicht. Gerade mal zehn Sekunden lang speiste er seine Eingabe ins Netz, seine Anregung in den Code. Dann entließ er das System wieder in Normalbetrieb, stöpselte seinen Computer aus und schob den Apparat vorsichtig zurück an seinen Platz.

Er stellte das Radio an und wartete.

—

«Die Leute machen immer so ein Theater um Nacktheit, finden Sie nicht? Ist doch komisch. Wo man sich dran gewöhnt hat, akzeptiert man sie ohne Murren, in einem Krankenhaus, zum Beispiel, in der Umkleide oder zu Hause, ja, genau, in unserem schönen, warmen Nest. Und sogar, als es zum Reisen noch nötig war. Da hat sich keiner dran gestört. Gehörte eben dazu. Aber, hm, wenn sie einen überrascht, dann werden alle gleich ganz –»

«Also, so wie ich das verstehe …» Der Schwarzgekleidete war aus seiner schummerigen Ecke getreten. Jetzt stand er auf der anderen Seite des Tischs, den schweren Kopf nach vorn gereckt. «... war in diesem Fall wohl kaum die Nacktheit das Problem.»

Der Junge hatte gar nicht gemerkt, wie der Mann die Position gewechselt hatte. So mitten im Raum biss sich die schwarze Kleidung noch krasser mit dem grellen Lampenlicht. Mehr noch, es war, als hätte der Mann einen Teil der Schummrigkeit aus seiner Ecke mitgebracht.

Der Junge kniff die Augen zusammen, schüttelte den Kopf und widmete sich wieder seiner Mahlzeit.

«Hmm, nicht das Problem. Stimmt.» Er schob sich einen Happen in den Mund und kaute langsam, nachdenklich. «Aber die Absicht. Und das Ergebnis. In gewisser Weise.»

«Du hast es ja nicht böse gemeint.» Der Mann richtete sich auf. Von tief aus seiner Kleidung drang ein langes, dumpfes Knirschen. «Hätte jedem passieren können, so ein Fehler.»

«Es war aber ja gar kein Fehler. Nein. Überhaupt nicht. Alles lief genau wie erwartet. Bloß, hm, hatte ich nicht alle Konsequenzen bedacht. Die praktischen, meine ich.»

—

Mit gespitzten Ohren saß der Junge vor dem Radio, aber es geschah nichts Ungewöhnliches. Keine Unterbrechung des Programms, keinerlei Eilmeldung. Zur vollen Stunde kamen die Nachrichten, doch berichtet wurde nur das Übliche: politisches Gezanke, Sportergebnisse und die Wettervorhersage.

Er war sicher, dass der Austausch des Codes geklappt hatte. Es gab keinen logischen Grund, der dagegen sprach. In sämtlichen Transportern, die während jener zehn Sekunden das Netzwerk benutzt hatten, musste folglich ein anderes Programm als sonst gelaufen sein: erst der vollständige Scan, dann der zur Unterscheidung von organischer und anorganischer Materie. Und dann – nach erfolgter Sicherheitsprüfung, die der Junge wohlweislich nicht angerührt hatte – wäre dieser zweite, differenzierende Scan für die Übertragung genutzt worden, nicht der des vollständigen Objekts, und zwar mit einem besonderen Clou: Nur organische Materie wäre verschickt worden. Alle Kleider oder sonstigen persönlichen Gegenstände wären als verwaistes Häufchen in der Sendekammer zurückgeblieben.

Nichts konnte dabei kaputtgegangen sein. Nach der Wiederherstellung des Codes konnte man alles nachschicken. Sobald der nackte Reisende die Empfangskammer verlassen hatte, würde ein simpler Nachsendebefehl genügen. Sicher, es wäre zu peinlichen Situationen gekommen, vielleicht zu Wut, vor allem zu Verwirrung, aber weiter nichts. Passiert wäre das allerdings rings um die Welt. Das wäre doch sicher eine Nachricht wert.

Trotzdem wurde nichts gemeldet.

Der Junge schaltete das Radio aus. Saß in der Küche und fragte sich, was da wohl schiefgelaufen war. Und es war wirklich etwas schiefgelaufen. Etwas hatte sich verändert. Das spürte er.

Es dauerte ein Weilchen, bis er den anschwellenden Lärm ringsum bemerkte, das diffuse Gefühl sich erhöhenden Luftdrucks, eine Verdichtung der Schallwellen, Sirenen, Gejaule, bestiefelte Füße.

Gerade als er aus dem Fenster sehen wollte, hämmerte es laut an der Haustür, begleitet von strengen Stimmen.

—

«Das war schon sehr seltsam. Doch. Als die mich rausgeholt haben, meine ich.» Der Junge hob eine der Aluschalen an, kippte sie fast in die Vertikale und löffelte den Inhalt in seine Schüssel. «Wobei sie natürlich erst mal reingekommen sind. Genau. Ich hab sie reingelassen. Und dann stürmten sie los. Nicht auf mich. Nein. Einfach vorbeigerauscht sind sie. Direkt zum Apparat. Hm. Als wäre er misshandelt worden, als müssten sie ihn retten. Sie hockten sich neben ihn. Schienen ihn sogar zu streicheln. Suchten nach Blessuren. Ja, wirklich. Mich beachteten sie anfangs gar nicht. Nein. Ich war nur ein Junge. Ein Niemand. Aber dann, na ja, hm, als sie sonst keinen im Haus fanden, wandten sie sich langsam und verwundert mir zu. Wie benebelt legten sie mir Handschellen an und führten mich ab. Und draußen auf der Straße liefen Leute rum. Ja. Wirklich seltsam war das alles. Und laut. Bevor ich diese Leute sah, war mir die Stille auf der Straße nie besonders aufgefallen. Und die

Leute auf der Straße waren ebenfalls benebelt. Als wären sie unsicher, wie man läuft. Als wäre das was Neues für sie. Ja. Als wüssten sie nicht recht, wie Gehen funktionierte. Man sah es ihnen an den Mienen an, an den Bewegungen. Sie hatten nicht bedacht, wie weit entfernt die Dinge lagen. Die Welt war einfach viel zu groß. Aber wissen konnten sie es nicht. Was ich getan hatte. Nein. Nicht alle. So viele konnte es nicht erwischt haben.»

«Das gesamte System musste heruntergefahren werden. Nach deiner Einspeisung. Totaler Stillstand. Du hast die Welt angehalten. Einfach so. Und diese armen Leute hatten keine Wahl. Die ganze Wirklichkeit der Welt ist ihnen aufgezwängt worden.»

«Und Sie, haben Sie es auch mitgekriegt? Hat es Sie erwischt?»

Der Mann schwieg eine Weile. Er schwankte leicht. Er war sehr groß.

«Ich hab's mitgekriegt, ja. Und nein, erwischt hat es mich nicht. Aber ein paar Leute, die ich kenne. Viele Leute.»

—

Sie brauchten eine Ewigkeit zur Polizeiwache. Zu viele Leute, die mitten über die Straße spazierten. Die Beamten im Polizeiauto schwiegen. Sie wirkten seltsam gelassen. Dem Jungen auf dem Rücksitz erklärten sie nichts. Ab und zu drehte sich einer um und sah ihn ausdruckslos an. Ein Blick, der ebenso gut Unsicherheit sein konnte wie Mitleid oder unterdrückte Wut. Der Junge hätte es nicht sagen können.

Und als sie ihn schließlich auf einen Stuhl setzten, ihm Tee brachten und die Anklage verlasen, als sie ihm erzählten, was passiert war, da war er selbst an der Reihe mit Schweigen, mit Nachdenken, mit Ungewissheit über seine Gefühle.

Denn es hatte geklappt. Sein Experiment war gelaufen wie geschmiert. In jenem winzigen Zehn-Sekunden-Fenster waren alle Nutzer des Netzwerks rund um die Welt von der Störung betroffen gewesen. Nur ihr organischer Anteil war versendet worden. Alles andere war in einem unordentlichen Haufen zurückgeblieben.

Den meisten war nicht viel passiert. Die Wirtschaft hatte ein wenig gelitten, weil Rohstoffe nicht verschickt worden waren. Das konnte man sich nicht erklären, und ehe der Grund ermittelt war, hatte man das Netzwerk bereits abgeschaltet.

Viele andere kamen – wie von dem Jungen beabsichtigt – nackt an. Und es gab jede Menge Scham, Wut, geliehene Decken und Fragen danach, wie man seine Habseligkeiten wiederbekam. Dann aber waren da auch die, die ohne ihre Krücken, Rollstühle oder Prothesen ankamen. Diese Leute fand man hilflos auf dem Boden der Transportkammern. Andere verloren Brillen, Zahnkronen oder Hörgeräte. Manche verloren Stifte, die Knochen fixierten. Manche ihren Herzschrittmacher. Manche künstliche Herzklappen.

Selbst in diesen zehn Sekunden waren das – hochgerechnet auf die ganze Welt und auf Millionen Nutzer – eine ganze Menge Menschen. Exakte Zahlen kannte niemand. Man wusste ja nicht mal über alle Betroffenen Bescheid. Die vollen Auswirkungen zeigten sich erst nach und nach. Sie waren langfristig. Immer neue Meldungen gingen ein.

Auch als das System wieder als sicher galt, der Schuldige gefunden und befragt worden war und keine Gefahr mehr bestand, trauten die Leute dem Netzwerk noch nicht wieder. Nicht sofort.

Alle wichtigen Branchen verlangten spezielle Garantien dafür, dass ihre Lieferungen reibungslos gesendet würden. Was sich so kinderleicht hatte zerlegen lassen, ließ nicht ganz so schnell wieder zusammensetzen. An den Lost-&-Found-Schaltern der großen Telehäfen herrschte Chaos. Weltweit herrschte Chaos. Und es gab keinerlei Back-up. Keine Schiffe. Keine Züge. Keine Flugzeuge. Die Leute wussten nicht, wie sie zur Arbeit kommen sollten oder ihre Kinder in die Schule bringen oder ihre Einkäufe erledigen.

—

«Aber wissen Sie, was ich mir dabei dachte?» Der Junge blickte auf und lächelte traurig. «Während die mir das alles erzählten? Wie beeindruckend das war, musste ich denken. Wie viel Macht das Transportnetzwerk hat.»

«Es wird auf der ganzen Welt verwendet. Man verlässt sich darauf.»

«Nein. Das meine ich nicht. Ich meine, dass nichts in

den Nachrichten kam. Kein Wort. Hätte es doch sollen. Sofort. Klar, später kam dann was, in den Tagen darauf, aber zu Anfang haben die da echt komplett den Deckel draufgehalten. Ja. Es unterdrückt. Die hatten genug Macht, um erst mal alle mundtot zu machen, die Zeitungen, das Fernsehen und so weiter. Aus Angst, schätze ich. Vor Rufschädigung.»

«Angst war damals allgegenwärtig. Sie lag in der Luft. In den Leuten. Jede Menge Angst.»

«Nein. Das mein ich nicht. Ich meine nicht die allgemeine Unruhe. Die haben das aus Eigeninteresse gemacht. Und all die Fernsehstudios, Zeitungsverlage und Radiosender waren an Bord. Ja. Einfach so. Sofort. Die haben mitgespielt. Und *daran* musste ich die ganze Zeit denken, nicht an, na ja …»

«Vielleicht hast du auch auf was den Deckel gehalten?»

«Kann sein. Aber ich glaube nicht. Nein. Mir … war das einfach nicht so wichtig. Die ganzen Leute.»

«Nachvollziehbar.»

—

Selbstverständlich machte man den Jungen zum Sündenbock. Immerhin war er der Übeltäter. Alles, das gesamte Chaos, konnte man zu Recht auf seine Schultern laden, und der Junge akzeptierte seine Schuld auch vollumfänglich. Kein Auge wurde zugedrückt. Nichts wurde beschönigt. Das Verbrechen war einfach zu schlimm. Zu viel auf der Welt hing von dem Urteil ab.

Es wurde kolportiert, der Junge hätte die Störung über Monate, vielleicht sogar Jahre geplant. Es wurde kolportiert, sie wäre sein einziger Traum gewesen, und er hätte alles andere aufgegeben, um den Code zu knacken, hätte darüber den Verstand verloren, bis er nur noch Zahlen sah. Es wurde kolportiert, er hätte längst nichts Menschliches mehr an sich.

Auch seine Eltern sagten sich von ihm los. Sie erklärten, er sei übellaunig geworden, unbeherrscht, nicht mehr der Sohn, den sie einmal geliebt hatten.

Die Geschichte war wasserdicht. Alle steckten unter einer Decke: alte Freunde, ehemalige Lehrer, entfernte Verwandte. Es war zu seinem Besten. Zum Besten der gesamten Welt.

Natürlich hatte man sie alle unter Druck gesetzt. Das ging nicht anders. Der Junge sah das ein. Deshalb waren diese Leute auch gar nicht wütend, wenn sie mit ihm sprachen. Wenn jemand ihn besuchen kam, dann ohne jeden Groll. Mitleidig sahen sie ihn an. Gütig. Sie sprachen offen mit ihm. Erzählten ihm, dass sie all diese Dinge sagen mussten. Dass es so am vernünftigsten war. Dass auch er das Richtige tat.

—

«Und wissen Sie, ich glaube, ich hab's kapiert. Ich habe schnell erkannt, was schiefgelaufen war. Hmm, also, ich hab eben vorausgeschaut, bis in die Zukunft. Da sah ich, wie viel besser die Welt mit den Verbesserungen wäre, die ich am Netzwerk vornehmen konnte. Also ja, ich habe mir eben den Code angeschaut und ihn verstanden, wie ihn noch nie zuvor einer verstanden hatte. So weit hab ich vorausgeschaut. Ganz allein. Wirklich. Und trotzdem, hm, hab ich nicht weit genug geschaut.»

Eine der Aluschalen enthielt ein üppiges Dessert. Die heiße Soße war leicht und schaumig, so perfekt geschlagen, dass sie noch immer nicht verlaufen war, als der Junge sich ihr widmete.

«Ich war stolz auf mich. Ja. Stolz darauf zu sehen, was sonst niemand sah. Aber dabei bin ich stehen geblieben. Mir ist nicht mal eingefallen, über meinen Entschluss hinauszudenken. Nein. Ich habe nicht weit genug geschaut. Ich hab mich einfach zurückgelehnt und war zufrieden damit, was ich getan hatte und noch tun würde. Und wissen Sie, als mir das klar wurde, als ich meinen eigenen Fehler erkannte, verstand ich auch, dass das inakzeptabel war. Ja. Dass solche Denkfaulheit, hm, na ja, meiner nicht würdig war. Dass ich das hätte besser machen müssen. Dass ich versagt habe. Ja. Letzten Endes habe ich mich selbst enttäuscht.»

Eine Weile stand er völlig reglos da, dann führte er langsam den Löffel zum Mund.

Der Mann beugte sich über den Tisch und sah den Jungen eindringlich an. Lange sah er ihn an, durch diese undurchdringlich dunklen Brillengläser. Der Junge ignorierte ihn.

«Manche Leute würden sagen», der Mann richtete sich auf, «du seist doch nur ein Kind.»

«Ach!» Der Junge lachte. «Bin ich ja auch! Was soll man da machen? Aber das gilt schließlich für alle, oder? Schließlich sind wir alle irgendjemandes Kind. Und werden immer irgendjemandes Kind bleiben.»

Breit grinste er den Mann an. Der erwiderte sein Grinsen nicht.

«Hmm, ja, na ja, vielleicht ist unser aller größter Fehler, dass wir meinen, ab einem gewissen Punkt wären wir keine Kinder mehr.» Der Junge aß noch einen heißen Happen und fuchtelte ziellos mit dem Löffel. «Stimmt doch, oder? Irgendwann im Leben reden wir uns ein, wir wären jetzt erwachsen. Wenn wir, hm, eine bestimmte Zahl erreichen. Egal, wie wir denken oder was wir tun. Erklärt man uns das nicht so? Und dass wir, weil wir älter sind, irgendwie, na ja, besser Bescheid wissen müssten?»

—

Zur Verhandlung wurde er unter Drogen gesetzt. Eine Vorsichtsmaßnahme. Bisher war er fügsam, ja sogar hilfsbereit gewesen, aber die Verhandlung sollte live im Fernsehen gezeigt werden, auf allen Kanälen. Sie durften nicht riskieren, dass er umschwenkte und diese Bühne für seine Zwecke nutzte. Nur ein schwaches Sedativum, sagten sie. Um ihn zu beruhigen.

An den eigentlichen Prozess konnte er sich kaum erinnern, doch hinterher staunte er, dass niemand was bemerkt hatte. Alle mussten doch gesehen haben, dass er viel ruhiger war als sonst, viel langsamer. Aber niemand sagte etwas. Niemand kommentierte es. Alles war auf dasselbe Ziel zugeschnitten: Es musste die ultimative Verhandlung werden und die ultimative Strafe. Es war notwendig. Es sollte andere abschrecken. Die Welt sollte sehen, dass derartige Verbrechen aufgeklärt würden, egal, wie clever der Verbrecher war. Die Schuldigen würden gefunden. Sie würden bestraft.

—

«Also ja, ich habe mitgespielt. Bei dieser, hm, dieser List. Denn es war ja wohl eine, oder? Aber ich hab's eingesehen. Wirklich. Es ging um Publicity. Also habe ich meine Rolle gespielt. Und klar, wirklich darüber geredet haben die nie. Von ihrem Plan. War ja auch richtig so. Mir war klar, dass sie befürchteten, ich würde das alles nicht ernst nehmen, wenn ich zu viel wüsste, würde vielleicht sogar, hm, den Clown spielen. Aber ich wusste es, und ich habe es ernst genommen. Und ich hoffe, das haben sie auch gemerkt. Ich hoffe, es ist ihnen aufgefallen.»

Er sah zu den winzigen schwarzen Löchern an der Decke auf und lächelte.

«Das alles war ja nur eine Maschine. Eine Prozedur. Und ich war nur ein einzelner Mensch. Ein dummer Mensch, der einen furchtbaren Fehler gemacht hatte. Ja. Aber ich musste da durch, durch die Maschine. Mitten hindurch. Ich musste sie ihre Arbeit machen lassen, und dann würde ich hinten wieder rauskommen, zu meinen Eltern, meinen Freunden, meinen Lehrern, meinen Verwandten. Sie alle würden auf mich warten. Und nicht bloß das, ich würde auch noch einen Job im Institut bekommen. Ja. Weil, wissen Sie, einen Kopf wie meinen könnten die doch wohl gebrauchen. Ganz bestimmt. Und dieser Kopf ist jetzt sogar noch besser. Ja. Weil ich meinen Fehler gemacht habe. Ich habe gesehen, was ich nicht tun darf. Also, hm, hab ich meine Lektion gelernt.»

«Und ist in deinem Kopf seither noch was passiert?»

Der Junge schwieg.

—

Bei der Befragung war er offen und mitteilsam. Er erläuterte detailliert, wie sein Code funktioniert hatte. Er sprach mit den Programmierern: ein kleines Team, das sich umständlich in seine Zelle zwängte. Aufmerksam hörten sie zu. Schrieben mit. Begriffen. Waren beeindruckt. Doch sie wollten noch weiter gehen.

Die Möglichkeit, Materie in ihre Bestandteile zu splitten, faszinierte sie. Schon lange hatten sie danach geforscht, aber keine echten Fortschritte gemacht. Sie erhofften sich davon gewaltigen Nutzen bei der Entsorgung von Industrieabfall. Ein ganz neues Netzwerk aus Leitungen und großen Kammern würde eigens zu diesem Zweck eingerichtet werden. Die Anwendung wäre zwar vielleicht ein wenig krude, würde aber die weltweiten Probleme mit Giftstoffen und nicht recycelbaren Materialien lösen. Und selbstverständlich würden sie dieses neue Netzwerk peinlich genau vom Hauptnetz trennen.

Doch der Junge konnte ihnen da nicht weiterhelfen. Was sie wollten, sagte er, sei absolut unmöglich. Trotzdem befragten sie ihn immer wieder. Er redete, sie hörten zu. Machten sich viele Notizen.

Und dann, irgendwann, kamen sie nicht mehr.

—

«Hast du dich nie gefragt, wieso sie aufgegeben haben?»

Der Mann war hinter den Jungen getreten, dräute schwankend über ihm. Der Junge machte keine Anstalten, sich beim Reden nach ihm umzudrehen. Er hörte ihn ja deutlich genug. Er wusste, dass er da war.

«Eigentlich nicht. War nicht nötig.»

Wieder dieses tiefe, träge Knirschen wie von Baumriesen in starkem Wind, das zugleich nah und weit entfernt klang. Der Junge ignorierte es.

«Die haben eben endlich eingesehen, was ich die ganze Zeit gesagt hatte. Wissen Sie, konkrete, identifizierbare Stoffe zu trennen, ist die eine Sache. Ja. Das ist machbar. Aber die wollten den ganzen Zusammensetzungsprozess unterbrechen. Einfach so. Da hab ich eben gesagt, dass das nicht geht. Dass das gegen jede Logik ist. In einem geschlossenen System geht nie eine Information verloren. Irgendwo bleibt sie erhalten. Genau wie alles andere. Das muss sich dann irgendwie ausgleichen. Ja. Nein. Plus gibt es nicht ohne minus. Oben gibt es nur mit unten. Guthaben mit Schulden. Gewinn mit Verlust. So ist das eben. So muss es sein.»

«Das glaubst du immer noch?»

«Oh, hm, ja. Ich weiß, was Sie meinen. Hab die Gerüchte gehört. Dass die es geschafft haben. Diese neue Maschine gebaut. Das perfekte Entsorgungssystem. Aber ich glaub da nicht dran. Nein. Nicht so, wie die meinten. Irgendwo müssen die Dinge hin. Ja. Man kann sie nicht einfach so spurlos verschwinden lassen.»

«Da würden dir wohl viele Leute zustimmen.»

—

Eine besondere Zeremonie gab es nicht. Als man ihn aus der Zelle holte und zu der Kammer führte, war sonst niemand zu sehen. Nur ein simpler Raumwechsel. Ein extralangsamer Transport. Hatte er schon hundertmal gemacht. Die Kammer allerdings war neu.

Im Großen und Ganzen sah der Apparat genauso aus wie alle anderen, doch er war verbessert worden. Upgedatet. Statt der üblichen Reihen mattgrauer Birnen erstrahlte hier alles in reinem, hellem Weiß. Interessiert betrachtete der Junge die Wände seiner neuen Umgebung. Die Birnen waren zwar noch vorhanden, aber um ein Vielfaches feiner und wie Hautzellen in die Wände integriert. Er konnte sich gut vorstellen, dass man so ein System mühelos in jedem Raum installieren könnte. So einfach, wie Tapeten zu kleben.

Und doch hatte man diese Kammer nicht mal eben hopplahopp gebaut. Sie war präzise designt worden. Hatte etwas Dauerhaftes. Und der Junge stand mittendrin, umgeben von den strahlend weißen Wänden, und war zufrieden. Ruhig. Neugierig gespannt, was wohl als Nächstes käme.

Als die Geräusche einsetzten, klangen sie vertraut, wenn auch gedämpft, so als kämen sie von weit weg oder drängen durch ein dickes Tuch. Mal klangen sie wie ferne Wartungsarbeiten, wie Hämmern und Klopfen irgendwo anders im Gebäude. Dann wieder wie das tiefe, sanfte Gurgeln und Ächzen alter Rohrleitungen.

Nur eins irritierte den Jungen ein wenig, ein winziges Detail, das nicht ganz stimmte. Irgendwas fehlte. Etwas Wichtiges. Er spürte den Mangel, ohne genau bestimmen zu können, worin er bestand oder was er zu bedeuten hätte. Es war schließlich nicht leicht, nach etwas zu suchen, das gar nicht da war.

Also strengte er sich an, um besser zu denken. Denkend sich selbst zu übertreffen. Über sich hinauszudenken. Seinem Hirn keine Faulheit zu erlauben. Die Antwort musste doch zu finden sein. Sie musste existieren.

Aber es half nichts.

—

In der Zelle standen leer die weiße Schüssel und die Aluschalen. Die Plastikgabel und der Löffel waren blitzeblank. Jeder Krümel Essen war verschwunden. Die Säfte aufgestippt, die Soße sauber ausgeleckt.

Nach einer Weile trat jemand in die Zelle, räumte alles zusammen und trug es davon.

8.
HAUSHALTSHILFE

Die Einfahrt des neuen Tunnels tauchte sehr viel schneller als erwartet vor ihr auf. Ein paar rote, ein paar grüne Lichter, und Anna blieb kaum genug Zeit, sich richtig einzuordnen, ehe sie davon verschlungen wurde. Die eisige Helligkeit des Tages war verschwunden, ersetzt durch leblos pulsierendes Gelb.

Anna beruhigte sich mit dem Gedanken, dass es ohnehin keine Rolle spielte, auf welcher Spur oder wie schnell sie fuhr; außer ihr war schließlich niemand auf der Straße. Sie kurbelte das Fenster runter und lauschte auf den einsamen Widerhall ihres Motors von den grau gewölbten Wänden.

«Neu» war der Tunnel nur aus ihrer Sicht – und würde es ewig bleiben. In ihrer Jugend war lang und breit darüber diskutiert worden, wie nützlich so ein Tunnel wäre, wie unnötig oder wie kostspielig, und dann kamen die Jahre stummer Planung, noch immer ohne Tunnel. Lange vor dem ersten Spatenstich war sie aus der Gegend weggezogen.

Am anderen Ende fuhr Anna aus dem Tunnel, und der

Tag war schlagartig zurück. Abrupt bremste sie ab. Die Ausfahrt konnte nicht mehr weit sein, doch auf diesem Teil der Strecke kam sie immer durcheinander. All die neuen Zubringer, Schilder und Kreisverkehre stimmten nicht mit dem überein, was sie aus ihrer Kindheit kannte. Nebenstraßen waren heute Sackgassen. Fahrdämme waren eingeebnet und der Asphalt abgetragen worden. Es gab weniger Masten, die Leitungen hingen schlaff herab. Die neue Welt hatte man hier grob auf die alte genietet.

Anna schaltete zurück. Die Schaltung kratzte. Der Synchronring war im Eimer. Sie zuckte zusammen, zog Luft durch die Zähne; das würde teuer werden. Immer noch zu schnell fuhr sie in den unvertrauten Kreisverkehr ein, und die Stahlrohre hinten im Pick-up protestierten scheppernd. Angespannt bremste sie auf Schneckentempo ab. Schließlich drängte sie ja keiner, schneller an ihr Ziel zu kommen, als unbedingt nötig.

Und dann, mit einem Mal, wusste Anna wieder genau, wo sie war. Die Umrisse und Dimensionen, die Bäume, ihre gesamte Umwelt: Plötzlich ergab alles wieder einen Sinn.

Dass manche Ecken des Landes noch nicht ans Transmat-Netzwerk angeschlossen waren, verblüffte sie immer wieder. Winzige, starrsinnige Gemeinden, die lieber so wie früher offline lebten. Und doch war sie zugleich ein bisschen stolz darauf, dass dazu ausgerechnet der Ort zählte, in dem sie aufgewachsen war. Sie hoffte, die Bewohner würden noch lange so starrsinnig bleiben. Und dieser seltsame Rausch der Vertrautheit, während sie ihren Pick-up über die alten Straßen der Randbezirke des Orts lenkte, war nicht bloß Nostalgie, sondern ehrliche Freude darüber, dass sie sich so behaglich an einem Ort fühlte, von dem sie sich vor langer Zeit verabschiedet hatte.

Ihr Truck rumpelte über die holprige Straße. Ungetrimmte, kopflastige Hecken hingen über dem schmalen Asphalt. Sie passierte ein dicht am Straßenrand geparktes Auto. Dann kam ihr ein anderes entgegen, fuhr vorbei. Wo die wohl hinwollten? Anna blickte in den Rückspiegel, doch das Auto war schon fort – verschwunden, genau wie sie damals verschwunden war.

Und doch: Hier war sie wieder, einfach so, fuhr auf geradem Weg in die Vergangenheit, schrumpfte sich zurück in ihre Kindheit. Obwohl nein, nicht ganz. Eher war es so, als dringe sie in ihre Kindheit mit der Haltung der abgeklärten Erwachsenen ein, die Dinge sieht, die das Kind nie bemerkt, nie zu schätzen gewusst hat. Denn mittlerweile war *sie* die weltmännische Fremde hier. Sie war erwachsen geworden, hatte sich weiterentwickelt, so wie die Welt sich weiterentwickelt hatte. Niemand würde ihre Rückkehr bemerken. Niemand würde sich dafür interessieren.

Als sie in die Hauptstraße bog, linste Anna zu der kleinen Tankstelle. Ein jämmerlicher Schuppen, aber trotzdem ein Teil der Gemeinde. Beim Blick auf den Spritpreis zuckte sie zusammen. Fast wollte sie entgeistert den Kopf schütteln, ertappte sich jedoch bei dem Impuls und ließ es bleiben. Nein, so durfte sie nicht denken. Die Einheimischen würden das auch nie tun. Sie gingen fröhlich ihrem Tagwerk nach und störten sich genauso wenig an den hohen Preisen, wie sie sich an ihrem Besuch stören würden.

Inzwischen reihten sich immer mehr Autos am Bordstein, versperrten halb die Straße. Ab und zu musste sie halten, um andere Verkehrsteilnehmer durchzulassen. Und es gab Fußgänger. Ja, tatsächlich spazierten da Leute von Laden zu Laden, als wäre nichts dabei, als wäre das vollkommen normal. Kurz packte sie die Angst, jemand könnte achtlos auf die Straße laufen, und sie würde ihn überfahren. Aber nein, das war Blödsinn, hier doch nicht; sie dachte immer noch wie eine Auswärtige.

Ein paar Abzweigungen weiter tauchte das Haus ihres Vaters vor ihr auf, ihr Elternhaus. Ein robuster Telegrafenmast an der Straßenecke, ein krakenhaftes, sich in alle Himmelsrichtungen ausbreitendes Kabelgewirr, aber offenbar nichts Neues. Sie bemerkte es überhaupt nur, weil sie danach Ausschau hielt. Ein wohltuender Anblick war das. Und als sie vor dem Haus parkte, kam es ihr vor, als nähme ihr Pick-up die gesamte Einfahrt ein. Beim Aussteigen fühlte sie sich innerlich größer. Sie fühlte sich stark, reif, überlegen. Irgendwie verantwortungsvoll. Sie hatte ihren eigenen Hausschlüssel.

Sie hievte die Tasche mit den Lebensmitteln aus dem Wagen und trug sie hinein. Das war ihr Mitbringsel aus der Großstadt. Ausschließlich Konserven. Immer schwierig aufzutreiben. Heutzutage war das meiste frisch, weil das nun mal kein Problem mehr war. Alles war verfügbar, weil alles verfügbar war. Aber noch kam man den altmodischen Vorlieben der Älteren entgegen. Noch.

Anna schob die Tür mit dem Fuß hinter sich zu und blieb einen Moment in der schummerigen Diele stehen, lächelte über die vertraute Muffigkeit. Immer noch derselbe abgewetzte grüne Teppich. Dieselben hässlichen Bilder. Dieselbe gestreifte Tapete.

«Hast du's gefunden? Hast du es mitgebracht?»

Ihr Vater humpelte ihr aus dem Halbdunkel entgegen, zwei Gehstöcke wuchsen ihm wie Spinnenbeine aus den Händen.

Erschrocken über diesen Anblick hielt Anna ihm die Tasche hin, offenbarte den matt glänzenden Inhalt. Ihr Vater blieb stehen und inspizierte die Gabe, dann reichte er seiner Tochter einen der Stöcke und nahm ihr die Tasche ab, drückte sie an sich und schlurfte damit in die Küche.

«Willst du mir nicht erzählen, was passiert ist?» Anna ging ihm nach. «Was du diesmal wieder angestellt hast?»

«Hm? Ach, gar nichts.» Mit leisem Ächzen hob er die Tasche hoch und wuchtete sie auf das Sideboard. «Bin hingefallen. Keine große Sache. Warum machen alle da so ein Bohei?» Eine nach der anderen räumte er die Dosen aus. Einige enthielten Sardellen, andere Litschis in dünnem Sirup, die meisten Corned Beef. Einhändig reihte er sie brummelnd vor sich auf. «Lachhaft, dass man das bei uns nicht kaufen kann. ‹Ah, nein, die kriegen wir gar nicht mehr rein›, sagen die. ‹Isst ja keiner mehr.› Was für ein Blödsinn. Ich kenn hier noch ein halbes Dutzend

Leute, die das kaufen würden. Und zwar regelmäßig! ‹Nein, darum geht's nicht›, sagen die, ‹die sind einfach zu teuer.› Na ja, ich hoffe mal, den Kampf hast du gewonnen. Sie günstig bekommen, mein ich.» Er hielt inne, drehte sich zu seiner Tochter um. «Also?»

«Hm?»

«Was bin ich dir schuldig?»

«Wie? Ach so … Gar nichts. Mach dir keine Gedanken. Ich kenn da einen Laden.»

Sie verschwieg ihm lieber, dass die Dosen nur noch aus dem Ausland zu bekommen waren, über das Netzwerk. Bloß eine Handvoll kleiner Länder stellte sie noch her. Ein Relikt früherer Generationen, denen solche Dinge als Delikatessen gegolten hatten. Sie zu bestellen, war kein Problem, aber billig waren sie nicht. Vor allem aber war Anna sich sicher, dass ihr Vater, wenn er wüsste, woher sie sie hatte, bloß meckern würde, dass sie nicht schmeckten, wie sie sollten.

«Gut gemacht! Dem System ein Schnippchen schlagen. So gefällst du mir. Aber nimm beim nächsten Mal gleich ein paar mehr. Wenn ich Besuch hab, halten die nicht lange vor. Tee?»

«Wo bist du hingefallen, Dad? Und wieso weiß ich davon gar nichts?»

Unter großer Mühe setzte ihr Vater das Teewasser auf. «Du möchtest sicher Kekse oder so. Sind in der Speisekammer. Die große runde Dose. Oberstes Regal, du weißt schon.»

Anna holte wie gewünscht die Kekse. Und ja, sie wusste

schon. Noch heute musste sie sich danach strecken, aber immerhin musste sie nicht mehr auf den Zehenspitzen auf einem wackligen Hocker balancieren.

Als sie wieder herauskam, saß ihr Vater schon am Fenster, in sicherer Entfernung vom inzwischen zischenden Wasserkocher. Anna machte ein Tablett zurecht.

«Dad, noch mal wegen dieses Sturzes: Du sollst mir bei so was doch Bescheid sagen.»

«Ging nicht, war im Krankenhaus.»

«Aber genau deshalb muss ich das doch wissen.»

«Aber genau deshalb konnt ich's dir nicht sagen.»

«Weil ich mir dann Sorgen gemacht hätte?»

«Nein, weil ich im Krankenhaus war. Denk doch mal mit! Ich hatte da kein Telefon.»

Anna hielt die Luft an. Biss die Zähne zusammen. Konzentrierte sich darauf, den Tee überzugießen.

Im Lauf der letzten Jahre hatte sie immer öfter über seine Hinfälligkeit nachgedacht, doch jetzt kam eine neue Sorge hinzu: Wenn ihm etwas Schlimmes zustieße, würde sie es nicht einmal erfahren. Niemand würde es ihr sagen. Eines Tages würde sie mit einer ganzen Palette Corned-Beef-Dosen vor der Tür stehen, und er wäre einfach nicht da.

Mit ihm zu diskutieren, war zwecklos. Er würde es so hindrehen, als bewiese ihre Sorge nur ihren Egoismus, als wären ihre vermeintlichen Gefühle ihr wichtiger als sein Wohlergehen, als er selbst.

Anna setzte sich ans andere Ende des Tischs. Das Tablett kam in die Mitte.

«Und seit wann bist du raus?»

«Aus der Klinik? Ach, seit ein paar Wochen.» Einen Keks in der Hand winkte er ab.

Anna runzelte die Stirn. Ihrem Vater fiel das gar nicht auf.

«Ist eigentlich ganz gut gelaufen. Regelt jetzt alles das Amt. Die haben mich schon ein paarmal besucht. Die wollen hier so ein, ähm, System für mich basteln. So ein … na, du weißt schon, so ein Transporterdingens. Genau. Damit ich mobiler bin. Unabhängiger. Und sicherer. Wenn mal was ist, geht's ruckzuck ins Krankenhaus, im Handumdrehen. Ohne Anruf. Ohne Fisimatenten.»

«Bitte?» Anna hatte sich gerade einen Keks in den Mund stecken wollen, jetzt sah sie ihren Vater mit großen Augen an. «Aber das geht doch nicht!» Sie legte den Keks zurück auf den Teller. «Und du hasst das doch, das System. Leidenschaftlich. Du würdest es niemals benutzen, hast du gesagt. Nie im Leben. Das … das können die doch nicht machen.»

«Doch, das geht, und tu ich nicht, und hab ich schon, und werden sie.»

«Aber das wäre viel zu teuer. Die müssten ja den ganzen Garten aufgraben. Und die Straße auch. Jede Menge neue Masten bauen. Riesige hässliche Dinger. Da wäre hier doch keiner einverstanden. Und du … Du kannst dir das doch niemals leisten.»

Lächelnd schüttelte Annas Vater den Kopf. «Muss ich gar nicht. Macht alles Vater Staat. Unsere Gemeinde – oder besser unsere ‹Zone›, wie die das nennen – wurde ausgewählt. Ist alles gratis. Kostet mich keinen Penny. Und es ist ja nicht bloß für mich, sondern für den ganzen Ort. Anfangs vermutlich nur für ein paar Häuser, klar. Muss so. Aber das wird sich schnell ausbreiten.»

«Auch für ein paar Häuser brauchen die aber doch jede Menge Infrastruktur. Allein schon für die Leitungen. Das alles einzurichten, wird Monate dauern. Und du wirst es hassen. Den Lärm. Das Durcheinander. Dad, bitte, wenn du dir wirklich Sorgen wegen deiner Mobilität machst, könnte ich … dir selber was bauen. Ich könnte es entwerfen. Einrichten. Kein Problem. Irgendwas für die Treppe. Wenn nötig, könnte ich sogar bei dir einziehen. Würde mir nichts ausmachen. Wäre kein –»

Erneut schüttelte ihr Vater den Kopf und zog eine gründlich zerknitterte Broschüre aus der Tasche. Er strich sie auf dem Tisch glatt und schob sie ihr zu.

Anna warf einen kurzen Blick darauf.

«Nein.» Sie sah ihren Vater an. «Nein, Dad. Nicht das.»

«Ganz ohne Leitungen, siehst du. Braucht's gar nicht mehr. Das da», er tippte auf die Broschüre, «das ist die Zukunft! Wahrer Fortschritt!»

«Dad, das ist … keine gute Idee. Wirklich nicht.» Mit spitzen Fingern faltete Anna die Broschüre auf. «Dir ist schon klar, worum es da geht, oder?»

«Ja, sicher. Absolut. Die haben's mir ja erklärt. Uns allen. Völlig unkompliziert, eigentlich.»

«Nein, Dad. Das ist überhaupt nicht unkompliziert. Aber un*sicher*. Und unge*testet*.»

«Tja, nicht mehr lange. Dank uns, verstehst du? Mit uns wird es getestet. Darum ist's ja alles umsonst.»

«Eben! Kapierst du nicht, dass du es grade deswegen nicht machen solltest? Du kannst dich doch nicht so ausnutzen lassen! Wenn dann alles schiefgeht, wird –»

«Jetzt bleib mal auf dem Teppich. Was soll denn schon schiefgehen? Die würden doch nicht so viel Geld ausgeben, wenn es nicht sowieso längst funktioniert.»

«Aber das ist ja bloß ein schöner Traum! Ein Hirngespinst!» Anna wedelte vorwurfsvoll mit der Broschüre. «Alles nicht echt. Und selbst wenn es theoretisch ginge, einsatzfähig wäre es erst in ein paar Jahrzehnten. Du weißt doch nicht mal, wie das aktuelle System funktioniert. Wolltest es ja nie wissen. Du hast nie akzeptiert, dass so was wirklich klappen kann, allen Beweisen zum Trotz. Und jetzt sagst du auf einmal Ja zu dem hier? Zu so was?»

Ihr Vater verzog keine Miene. Als er antwortete, klang er ruhig und selbstsicher. Genau derselbe Ton, den er in Annas Jugend gern angeschlagen hatte.

«Meine Liebe, das ist letztlich ziemlich simpel und wird schnell einsatzfähig sein. Man muss nur eine passende Bahn finden. Einen Tunnel. Auch nicht anders als mit einem Kabel. Das Kabelsystem bietet eine feste, eindeutige Bahn. Das neue System braucht nur eine durch die Luft zu finden. Einen sicheren Weg. So wie ein Blitz den Weg zur Erde findet.»

Erneut schlug Anna die Broschüre auf. Schon beim ersten Blick hinein war ihr sofort ein Bild mit einem

Blitz aufgefallen. Und tatsächlich, in dem Absatz darunter stand praktisch Wort für Wort derselbe Text, den ihr Vater jetzt hervorsprudelte.

«Wenn der Blitz aus den Wolken kommt, muss er sich im Moment seines Entstehens selber eine Bahn schaffen. Er streckt die Fühler aus, peilt die Lage, sucht sich einen sicheren Weg, einen sauberen Durchlass im Äther. Und erst wenn eine seiner hellen Ranken die Erde berührt, schlägt er ein! Mit seiner ganzen Ladung. Die ganze Energie, zapp, in einem Augenblick. Unaufhaltsam und präzise. Durch nichts als Luft, direkt in die Erde.»

Annas Vater hielt inne, sah seine Tochter an und lächelte zufrieden.

Anna schnaubte, schüttelte den Kopf. «Fühler? Äther? Helle Ranken?» Sie warf die Broschüre auf den Tisch. «Dir ist schon klar, was die da machen, oder? Was die dir da für einen Unsinn eintrichtern? Bloß weil die sagen, dass es funktioniert, muss das noch längst nicht stimmen.»

«Na klar stimmt das! Ein ganz natürliches Phänomen, reine Physik. Bloß geht es so schnell, dass wir's nicht sehen. Weißt du, wie schnell das geht? Das geht mit –»

«Ja, ja, mit Lichtgeschwindigkeit, ich weiß. Ich hab's gelesen. Aber das heißt nicht, dass dieses … dieses kabellose System auch wirklich funktioniert.»

«Aber wie sollte das denn sonst –?»

«Das ist doch nur eine Metapher! Weiter nichts. Eine Analogie. Ein Floh, den die dir ins Ohr setzen können. Um dich zu überreden. Was ja anscheinend bestens geklappt hat.»

Annas Vater zuckte die Achseln. «Und was glaubst du dann, wie das funktioniert?»

«Was? Ich … Woher soll ich das wissen?»

«Na ja, *dass* es funktioniert, kannst du ja schlecht bestreiten, sonst würden sie das doch nicht bauen. All die Mühe aufwenden. Und die Kosten, wie du so richtig sagst.»

«Nein.» Anna ließ den Kopf sinken. Klickte mit dem Daumennagel gegen die Zähne. «Keine Ahnung.» Plötzlich beugte sie sich vor. «Aber das ist ja auch nicht der Punkt! Der Punkt ist doch, du brauchst das gar nicht! Hast du noch nie und tust du auch jetzt nicht. Unnötig wie ein Kropf ist das. Und wo willst du damit überhaupt hin? Ins Krankenhaus? Ist es das wirklich wert? Oder etwa zum Einkaufen? Echt jetzt? Und das würde ja nur gehen, wenn es da auch eine Verbindung gäbe, sonst funktioniert es nicht.»

«Ach, Anna.» Ihr Vater sah sie traurig an. «Ich hätte schon gedacht, dass du das kapierst. Besonders du. Das neue System braucht keine Verbindungen. Ist völlig verbindungsfrei. Es braucht nur eine Sende- und Empfangsschüssel. Die wird auf den nächsten Mast gerichtet, und das war's. So einfach ist das. Schon hat man seinen Weg. Seine sichere Bahn. Das Signal springt von Mast zu Mast. Kontrolliert. Und außerdem ist das ja nicht nur für lange Strecken gut. Weißt du noch, was du wegen der Treppe gesagt hast? Tja, schau mal hier.»

Eine zweite zerknitterte Broschüre wurde aus den Tiefen der Strickjacke ihres Vaters geholt und über den Tisch geschoben.

Diese hier war nicht so knallig; simpler Druck, grüne Lettern auf einfachem weißem Papier. Anna nahm sie gar nicht in die Hand. Musste sie auch nicht. Ihr Vater predigte auch so weiter.

«Vollintegrierter interner Transfer. Von Zimmer zu Zimmer. Per Fernbedienung. Ein Knopfdruck, zack, bist du die Treppe rauf. Oder im Garten. Oder … ach so, nein … im Garten wohl nicht. Muss ich noch mal schauen. Bin nicht sicher, ob der dabei ist.»

Mit konzentrierter Miene zog er die Broschüre wieder zu sich und blätterte sie durch.

Anna seufzte. Offener Transfer. Drahtlos. Tunnel in der Luft. Schüsseln auf dem Dach. Das war ihr alles zu viel.

«Dad, bitte. Warte erst mal ab. Um mehr bitte ich ja gar nicht. Warte einfach noch. Lass dich nicht zum Versuchskaninchen machen. Warte, bis alles ordentlich läuft. Bis sie die Macken ausgebügelt haben. Weil … irgendwas wird sicher schiefgehen. Irgendwas haben die sicher übersehen. Müssen sie korrigieren. Bis dahin könnte ich hier … keine Ahnung, vielleicht irgendwie Schienen verlegen. Mit so einem Wagen, der dich von einem Zimmer ins andere bringt. Das wäre doch genau dein Ding. Und ich würd's gern für dich bauen. Oder vielleicht könnten wir auch einfach das Haus anders einrichten. So, dass du gar nicht mehr nach oben musst. Und überhaupt nicht –»

«Nein.» Ruckartig blickte Annas Vater von der Broschüre auf. Seine Mundwinkel hingen nach unten. «Garten geht nicht. Zumindest noch nicht. Schade. Wär schön gewesen. Da wäre man viel schneller drin, wenn's mal anfängt zu regnen.»

Annas Kehle war mit einem Mal staubtrocken. Sie wollte etwas sagen, brachte aber nichts hervor als Luft. Sie hustete. Ihr Vater wirkte kurz besorgt. Dann lächelte er.

«Keine Sorge, altes Mädchen. Alles wird gut. Ich muss mir keine Sorgen mehr machen und du auch nicht. Bestimmt besser für alle Beteiligten. Und die übernehmen auch die Wartung. Gratis. Gehört alles zum Service. Zum Testprogramm. Außerdem kannst du mich dann viel leichter besuchen. Oder ich dich, irgendwann. Vermutlich.» Ein kurzes Stirnrunzeln, dann grinste er. «Zeit für was Neues, was? Zeit … den Wandel mit offenen Armen zu begrüßen. Und ohne deine Mutter wird jetzt alles –»

«Sie wäre damit niemals einverstanden gewesen.»

«Ach ja, kann sein, aber sie hätte –» Er verstummte. Wandte sich ab. Blickte hinaus in den kleinen, aber lebendigen Garten. «Nein. Hast recht. Sie wäre dagegen. Genau wie du.» Er schnaufte. «Aber sie ist nicht da, Liebes, und ich … na ja.»

Anna beharrte nicht weiter. Fürs Erste war die Diskussion beendet.

In jener Nacht schlief sie in ihrem alten Zimmer, ihrem alten Bett. Gut schlief sie nicht. Das tat sie hier selten. Es fiel ihr schwer, an einem Ort zu entspannen, den sie früher mal als ihren angesehen hatte, der aber längst aufs Notwendigste bereinigt, mit einer blassen Blumentapete und dunklen Möbeln ausgestattet und in ein unpersönliches Gästezimmer verwandelt worden war.

Anna fühlte sich jedoch nicht als Gast. Inzwischen war sie älter, weit gereister und noch vieles mehr, aber sie war immer noch das Kind ihres Vaters. Sie wusste, dass sie nicht viel tun konnte, um ihn von seinem Vorhaben abzubringen. Sein Entschluss war gefasst – beziehungsweise: für ihn gefasst worden.

Denn sonderlich entscheidungsfreudig war er noch nie gewesen. Sicher hatte es viel Überzeugungsarbeit gebraucht. Vor allem hatte er sich wohl selbst überzeugen müssen, und nun war es unmöglich, ihn noch einmal umzustimmen.

Anna versuchte, sich einzureden, dass es letztendlich am besten so sei, und dachte an die vielen Vorteile: Ihr Vater wäre mobiler, unabhängiger, und früher oder später würde das neue System ja sowieso Standard. Die neue Norm. Wenn er das Gratisangebot jetzt nicht annähme, würde die Welt sich wieder einmal ohne ihn weiterdrehen – und wer wusste schon, wie lang er überhaupt noch da wäre?

Anna biss die Zähne zusammen, wollte den Gedanken schnell wieder verdrängen. Auf dem Nachttisch stand ein kleines Radio. Sie stellte es an, ganz leise, und drehte sich um.

—

Als sie das nächste Mal zu ihrem Vater fuhr, musste Anna kurz vor dem Ort feststellen, dass die Gegenfahrbahn im Tunnel gesperrt war. Bauarbeiter waren keine zu sehen, bloß Absperrungen und Schilder. Der Tunnel selbst wirkte so neu wie immer. Die gesamte Beleuchtung war eingeschaltet, wölbte sich vor ihr in den Betonschlauch hinein. Annas Fahrbahn war zweigeteilt worden, um den Gegenverkehr durchzulassen. Einen Unterschied machte das nicht: Annas Pick-up war das einzige Auto. Den ganzen Vormittag war ihr noch kein anderes Fahrzeug begegnet. Immerhin musste sie in dieser Richtung nicht mal die Spur wechseln. Sie musste einfach nur weiterfahren.

Ihr Vater war im Wohnzimmer. Ganz ruhig saß er in einem breiten Sessel, die Arme auf den Lehnen, den Kopf zurückgelegt, die Augen zu, den Mund geöffnet. Er trug etwas, das aussah wie ein Wegwerf-Overall, wie man ihn zum Anstreichen tragen würde. Hellblau war dieser Overall, und er glänzte blass wie Perlmutt.

Es lief Musik. Irgendeine Oper. Anna erkannte sie nicht. Sie war kein großer Opernfan. Der Hi-Fi-Schrank war sperrangelweit offen, und auf dem Boden standen zwei staubige Holzkisten voll alter Platten. Die Musik war laut, füllte das kleine Zimmer völlig aus. Anna war nicht so dumm, ihren Vater beim Musikhören zu stören. Er hatte sie sicher nicht hereinkommen gehört.

Sie setzte sich mitten in das Chaos auf dem Sofa: ein wackliger Stapel gerahmter Bilder, ein Kuddelmuddel aus Nippes. Sie beugte sich vor, die Knie aneinandergepresst, und stellte vorsichtig die mitgebrachte Einkaufstasche ab.

Im ganzen Zimmer herrschte Durcheinander, genau wie in der Diele und auch in der Küche, in die sie beim

Reinkommen kurz gelinst hatte. Auf den ersten Blick konnte man meinen, das ganze Haus würde gerade renoviert – überall war die Tapete abgerissen, als sollte eine neue an die Wände kommen. Doch auf den zweiten Blick merkte Anna, dass die Tapete doch noch dran war, bloß war sie jetzt mit großen weißen Raufaserbahnen überklebt. Nein, doch keine Raufaser: Das Muster war viel zu regelmäßig. Und die Bahnen hatten einen blassen Perlmuttglanz. Sie sahen eher aus wie Blisterfolie, bloß dass die Blisterbläschen winzig klein waren und lückenlos dicht nebeneinandersaßen.

Die Bahnen waren krude befestigt. Statt aufgeklebt waren sie festgetackert worden. Wo die schwarzen Tackernadeln steckten, krümmten sich die Ränder. Und sie hingen nicht nur an den Wänden, sondern auch an den Decken. Ziemlich hässlich sah das alles aus. Einfach so hingepfuscht.

Die Musik erhob sich zur Schlusskadenz und verstummte. Annas Vater kehrte in die Welt zurück. Er öffnete die Augen und setzte sich auf. Kurz sah er skeptisch seine Tochter an, dann blickte er zur Decke, stand auf und trat hinüber zu den Plattenkisten. Sein Gang war fest, ja beinah federnd. Von Humpeln keine Spur mehr.

«Herrlich, oder?» Er nahm die Platte vom Teller und schob sie in ihre Hülle.

Anna verzog keine Miene. «Ich glaube, keine Musik der Welt kann überdecken, wie furchtbar es hier aussieht – und wie es sich anfühlt.»

«Weißt du …» Kurz hielt ihr Vater mit den Fingern

auf den Plattenrücken inne. «Ich hab die alle jahrelang nicht mehr gehört. Standen oben. Bin erst gestern drauf gestoßen. Zuerst hatte ich Sorge, sie könnten längst verschimmelt sein, aber nein, sie klingen noch bestens.»

«Wenn ich mir was wünschen darf, dann gerne irgendein Concerto.»

Annas Vater verzog angewidert das Gesicht. «Grausiger Virtuosenblödsinn. Bloß Show und nichts dahinter.» Abwesend blätterte er durch den Stapel.

«Und Oper gar nicht, oder was? All diese jammerigen Arien? Also, wenn man eine gute Story erzählen will, dann mal sicher nicht mit einer Oper.»

«Ah!» Mit hoffnungsfroher Miene zog ihr Vater eine Platte hervor. «Wie wär's mit einem Quintett als Kompromiss?»

Anna lächelte. «Passt. Quintette sind okay.»

Ein kurzes Einverständnis, immerhin. Die Musik wurde aufgelegt, wenn auch ein wenig leiser. Zufrieden stand Annas Vater da, stemmte die Hände in die Hüften und streckte mit einem Stöhnen den Rücken.

Nun erkannte Anna, dass das Outfit ihres Vaters doch kein Einweg-Overall war. Der weite Stoff war dicker, grob gewebt. Wie ein Strampelanzug reichte er ihm bis über die Füße. Eine Kapuze hing ihm auf die Schultern. Anna holte Luft.

«So, das ist es also. Oder? Das neue System?» Anna zeigte auf die Wände. Rümpfte die Nase. «Schön ist es ja nicht grade. Hätte ich mir raffinierter vorgestellt.»

«Das ist ja nur für den Anfang. Zum Kalibrieren. Um

ein Gefühl für den Raum zu kriegen.» Er dehnte sich munter weiter.

«Na, ich hoffe mal, die machen das noch ordentlicher.»

Dünne Kabelstränge guckten unterhalb der Blisterbahnen an der Wand heraus, liefen längs der Bodenleisten bis auf den Flur.

«Das ist alles für das interne Netz. Mit den Kabeln springt sich's leichter von Zimmer zu Zimmer.»

«Aber warum sollte man das wollen? Und wozu muss das in alle Zimmer? Reicht nicht einmal unten, einmal oben?»

«Na ja, wieso nicht? Ist doch bequemer so, oder? Und mit diesem Ding hier», er kramte in der Tasche seines Strampelanzugs herum und zog eine Art Taschenrechner hervor, nur länger und mit weniger Tasten, «kann ich überallhin.»

«Mhm.» Anna nickte, befürchtete angesichts des lässigen Umgangs ihres Vaters mit dem Ding, es könnte jederzeit losgehen. «Zumindest, solange du es nicht verschusselst.»

«Noch funktioniert es sowieso nicht. Keine Batterien. Und das Zeug ist eh nicht angeschlossen. Ich gewöhn mich nur schon dran, es in der Hand halten.» Annas Vater ließ sich wieder auf den Sessel plumpsen. «Ach ja, und das hier.» Kräftig kniff er in den groben blauen Stoff, zog ihn ein Stück nach vorn und ließ ihn wieder los. «Das nennen die Trackinganzug.»

«Du meinst Jogginganzug.»

«Nein. Trackinganzug. Der trackt einen. Beziehungsweise, nein: Eigentlich wird man von den Wänden getrackt. Aber man muss den Anzug anhaben, damit die Wände wissen, wo man ist.»

Anna stutzte. «Moment, du musst dieses Ding die ganze Zeit anhaben?»

«Ist halt bequemer so.»

«Klingt ziemlich bescheuert. Und sieht null bequem aus.»

«Innen ist's viel weicher.»

«Und damit gehst du dann auch durch die Leitung? Zum Einkaufen? Ernsthaft?»

«Nein, nicht durch die Leitung! Ist doch jetzt alles drahtlos! Aber ja, wenn nötig, würde ich damit auch einkaufen.» Er wusste die Miene seiner Tochter zu lesen. «Ach, jetzt schau mal nicht so. Kleidung ist doch eh nur eine Frage der Konvention. Und wenn alle so was tragen – und das werden sie wahrscheinlich bald –, wo ist dann das Problem? Muss niemandem peinlich sein. Sehen ja alle gleich aus.»

«Klingt ganz schön lahm.»

«Überhaupt nicht! Aufregend ist das! Und dann werden diese albernen Konzepte wie Mode und Glamour endlich verschwinden. Es ist wie eine Uniform. Und zweckmäßig dazu! Die Leute werden viel zufriedener sein, wenn sie nicht mehr um das bessere Aussehen konkurrieren müssen. Wird sie beruhigen. Ziemlich demokratisch eigentlich.»

Anna war zu müde zum Streiten. Wenn er wie der letzte Idiot rumlaufen wollte, war das seine Sache. Sie zumindest würde sich bestimmt niemals in so einem Fummel erwischen lassen. Sie hievte die Einkaufstasche neben sich aufs Sofa, parkte sie linkisch auf einem Stapel Zeitschriften.

Ihr Vater hatte sich bereits wieder zurückgelehnt, lauschte seiner Musik und bewegte die Lippen zur Melodie. Was seine Tochter ihm aus der Stadt mitgebracht hatte, schien ihn kein bisschen zu interessieren.

In jener Nacht schlief Anna besser. Nicht, weil sie sich mit der Lage abgefunden hätte, sondern nur, weil sie so unfassbar müde war. Es war ihr egal, dass auch ihr altes Zimmer mit dem neuen System ausgerüstet worden und die Wände mit dieser seltsamen weißen Blisterfolie bedeckt waren. Erst als sie am nächsten Morgen aufbrach, wurde ihr mulmig. Auf der langsamen Fahrt aus dem Ort sah sie überall Lieferwagen der Firma: in Einfahrten, vor Geschäften und auf Schulhöfen. Und obendrein Arbeiter, allesamt in Overalls, genau wie ihr Vater. Bloß dass sie dazu noch Helme und schwere Stiefel trugen. Und sie holten große Rollen dieser weißen Blisterfolie aus den Lieferwagen. Kletterten auf Dächer, um Sendeschüsseln anzubringen. Und mitten im Ort stellten sie einen riesigen Mast auf, der fast wie ein großes Zündholz aus Metall aussah. Sein blassrosa Kopf thronte hoch über den Häusern.

—

Erst zwei Monate später besuchte Anna ihren Vater wieder. Als sie um die Kurve kurz vorm Tunnel bog, musste sie voll auf die Bremse steigen. Alle Fahrspuren waren gesperrt. Der ganze Tunneleingang war notdürftig mit Kegeln, Warnschildern und flatterndem Plastikband verbarrikadiert worden.

Anna hielt an, ließ den Motor aber laufen. Die Lichter im Tunnel waren aus. Nichts als ein tiefes dunkles Loch im Hügel. Sie überlegte. Hatte sie eine Umleitung verpasst? Hatte sie sich von den freien Straßen derart einlullen lassen?

Sollte sie einfach trotzdem durch den Tunnel fahren? Weit und breit war niemand zu sehen. Sie wäre ja vorsichtig. Würde schon schiefgehen.

Aber nein, sie traute sich nicht. Was sollte sie sagen, wenn jemand sie erwischte? Also holperte sie mit dem Truck über den Mittelstreifen und fuhr auf demselben Weg zurück. Erst nach mehreren Kilometern fand sie eine Ausweichstrecke. Sie war nicht weit von ihrem Heimatort, doch die Gegend war ihr unbekannt. Das Gefühl der Fremdheit gefiel ihr gar nicht.

Im Ort selbst sah man so gut wie keine parkenden Autos mehr. Die Tankstelle hatte dichtgemacht, ein hoher Metallzaun umschloss ihren verlassenen Vorplatz. Auf der Hauptstraße war kein Mensch zu sehen. Wie eine Geisterstadt. Nein, Moment, in einigen Geschäften brannte Licht, und als Anna übers Lenkrad gebeugt im Schneckentempo vorbeifuhr, sah sie, dass sich darin jemand bewegte.

Wenigstens das Haus ihres Vaters sah von außen aus wie immer. Doch die zuschlagende Wagentür klang seltsam in der unnatürlichen Stille des Orts. Irgendwie scharf, flach, ohne Hall, als bliebe das Geräusch in der stehenden Luft einfach stecken.

Nein, das bildete sie sich bestimmt nur ein. Vor ihr lag schließlich immer noch die gute alte Veranda. Und immer noch musste sie den Schlüssel seltsam schräg ins Schloss stecken, damit er sich richtig darin drehen ließ. Sie trat ein und schob die Tür zu.

«Dad?»

Sie sprach laut, doch trotzdem erstarb ihre Stimme, kaum dass das Wort ihre Lippen verließ. Sie wartete. Keine Antwort.

Der Teppichboden fühlte sich irgendwie merkwürdig an. Und es war so stickig, als hätte seit Wochen niemand mehr ein Fenster aufgemacht.

Die Heizungen mussten ganz kurz vor ihrer Ankunft angesprungen sein. Tickend und gurgelnd dehnte sich das Metall, und das Wasser spülte durch die Rohre. Erst als sie die kleine Einkaufstasche auf dem Küchentisch abgelegt hatte, fiel ihr auf, dass die Kontrolllampe am Boiler aus war. Dabei hörte sie doch eindeutig das erratische Klopfen, Zischen und Klappern. Sie sah sich um, suchte nach einem neuen, zweiten Boiler. Da erst nahm sie wieder die seltsame Tapete wahr und begriff, dass inzwischen sämtliche Zimmer damit ausgestattet waren, dass jetzt das ganze Haus verkabelt war.

Diesmal sah alles viel ordentlicher aus als bei ihrem letzten Besuch, und die Veränderung stach nicht sofort ins Auge. Die Kabel waren versteckt worden, die schwarzen Tackernadeln übermalt. Doch wenn sie genau hinsah, fand sie die Nahtstellen zwischen den Blisterbahnen. Und jetzt ging ihr auch auf, dass all die Geräusche – das andauernde leise Klopfen, das Surren, das leise Jaulen – gar nicht von der Heizung kamen und auch keineswegs erratisch waren. Nein, sie wurden jedes Mal lauter, wenn sie sich bewegte.

Anna hob einen Arm und schwenkte ihn probeweise durch die stickige Luft. Hinter den Wänden erklang ein schnelles Rattern, ein leises Klappern und dann wieder das hohe Jaulen, alles unterlegt mit einem feinen mechanischen Knirschen.

Anna wurde getrackt. Pausenlos analysiert. Nach jeder Bewegung wurde sie neu ausgewertet, und das System kalkulierte und kalibrierte.

«Aber das … Ich hab doch gar keinen …»

Sie schluckte.

«Dad?»

Ihre Stimme klang dünn und zaghaft. Das Haus war leer. Aber es fühlte sich nicht leer an. Es war ausgesprochen anwesend, und es umgab sie völlig.

Anna hatte seit Jahren einen begehbaren Transporter in ihrer Wohnung und benutzte ihn regelmäßig. Aber so hatte sich das nie angefühlt. Wenn sie daheim in den Apparat stieg, war sie transportbereit und damit basta. Auch nicht unangenehmer als jede andere Art der Fortbewegung. Aber diese ständige Bereitschaft: dieses konstante Knistern der Analyse …

Vielleicht würde das System sie ablehnen. Vielleicht würde es sie ohne die korrekte Kleidung, ohne den hellblauen Strampler, zwar registrieren, aber nur als irgendein Objekt im Raum, nicht als potenzielle Nutzerin. Es würde sie ignorieren. Sie als Möbelstück verbuchen, wenn auch als bewegliches.

Anna kritzelte eine kurze Nachricht auf einen Zettel neben dem Herd, und die Wände sahen ihr dabei zu, blickten ihr über die Schulter. Dann ging sie lautlos rückwärts aus dem Haus und zog die Haustür ausgesprochen leise zu.

Nicht einmal in ihrem kleinen robusten Truck fühlte Anna sich noch wohl. Aus dem Seitenfenster gebeugt, fuhr sie rückwärts auf die Straße, dann rollte sie leise, vorsichtig durch die stille Ortsmitte und zurück auf die Hauptstraße.

Die Straßen waren so frei wie immer. Doch auf den Hügeln ringsumher sah sie nun neue Masten aufragen. Schlanke, funkelnde Streichhölzer, die sich in den Himmel streckten; ihre runden perlmuttglänzenden Köpfe bildeten ein Netz aus Spitzen.

Anna gab Gas und kurbelte das Seitenfenster ganz fest zu. Die einströmende Luft schmeckte ihr ganz und gar nicht.

9. AUSGESCHNITTEN

«Wie war das, Anji? Es ist so laut bei dir. Sprich bitte direkt ins Mikro. Halt es näher ran.»

«Ich hab gesagt, alles okay, Ma. Ich bin am Telehafen. Ich … warte bloß. Wir alle – *[ZISCHEN]*»

«Und war's schön? Hattest du Spaß? Hat's den anderen gefallen? Die Aufführung?»

[UNVERSTÄNDLICHE STIMMEN; GELÄCHTER]

«Anji? … Hallo? Ich … Ich hör dich ganz schlecht.»

«Ja, ja, war schön, Ma. Wir warten hier nur. Zieht sich.»

«Habt ihr schon ein Fenster? Die müssten euch doch längst einen Slot zugeteilt haben.»

«Ja, nee. Krass viel los hier. Miss Anders meint, das ist, weil *[ZISCHEN]*, und das wird jedes Jahr schlimmer.»

«Aber komm direkt hierher, ja? Machst du das? Du hast deine Karte, oder? Schau nach, in deinen Taschen. Und die sollen die richtig scannen! Und du musst *un-be-dingt* nachprüfen, ob sie die richtige Adresse haben. Bei denen kann man nie wissen.»

«Das wird alles viel leichter, wenn *[ÜBERTÖNT VON*

EINER LAUTSPRECHERDURCHSAGE] sind, tausendmal besser wird das.»

«Anji? … Hallo? … Das Letzte hab ich nicht verstanden.»

«Wenn das alles drahtlos wird, Ma. Wenn das mal alles läuft, dann *[ZISCHEN]*, vor allem international. Dann kannst du einfach so, hopp, über den Ozean springen. Direkt von *[ZISCHEN]* und superschnell.»

«Wenn ich wenigstens wüsste, wann du kommst, könnte ich schon mal das Essen machen.»

«*[ZISCHEN]* schon gegessen. Zumindest das *[UNVERSTÄNDLICH]* echt gut hier.»

«Anji? Die Verbindung wird immer mieser. Was war gut?»

«*[GELÄCHTER]* … Ja … Alles okay, Ma. Echt. Erzähl dir alles in Ruhe heute Abend.»

«Na gut, aber wenn's spät wird, bin ich vielleicht weg. Ab acht Uhr bin ich bei deiner Tante. Ab acht, okay? Schreib's dir auf.»

«Alles klar, Ma. Alles klar. Ich bin –»

[PLÖTZLICHE STILLE]

«Hallo? … Anji?»

—

«… nein, uns wurde keine Störung gemeldet, nichts Ungewöh– Aber gern, Madam. Haben Sie die Travelcard-Daten? … Danke … Tut mir leid, aber unter diesem Code kann ich nichts finden, haben Sie vielleicht die … Ja, ich probiere gern andere Suchparameter, wenn … Okay, und von wo aus ist sie eingereist? … Nein, da wurde heute überhaupt nichts gemeldet. Oh, halt, außer … Entschuldigen Sie, könnten Sie mal kurz warten? … Nein, ich muss nur meinen Vorgesetzten was fragen, danke.»

[ELEKTRONISCHE KLAVIERMUSIK]

«Hallo? Mrs Mulligan? … Vielen Dank für Ihre Geduld. Also, in unserem System ist heute nichts vermerkt … Nein, nichts unter diesem Namen … Das soll heißen, dass wir leider keinen Transfer bestätigen können … Nein, tut mir leid, das wird nicht angezeigt … Ehrlich, es tut mir leid, aber darüber habe ich keine Informationen … Es tut mir leid, aber … Nein, ich sehe da leider wirklich … Mrs Mulligan?»

—

«Ja, das mag schon stimmen, aber die brauchen Beweise. Hieb- und stichfeste Beweise. Ohne werden die den Fall kaum weiterverfolgen, davon können wir ausgehen.»

«Und was ist mit der Lehrerin? Die zählt doch sicherlich als glaubwürdige Zeugin, oder? Hat sie nicht gesagt, sie hätte das Mädchen in den Transporter steigen sehen? Also definitiv *rein*?»

«Moment … Miss Anders, meinen Sie? Ich glaube, die … Ja, genau, bei der *ersten* Befragung hat sie das noch gesagt. Aber bei der ausführlichen Vernehmung, nachdem man ihr erklärt hatte, was genau das juristisch nach sich ziehen kann, na ja, da war sie nicht mehr ganz so sicher. Da sagte sie nur, sie *glaube*, sie habe die kleine Mulligan einsteigen sehen. Aber es waren ja so viele Schüler, und sie hätte unmöglich alle im Auge behalten können.»

«Und die anderen Kinder? Die Freundinnen des Mädchens? Irgendjemand muss sie doch gesehen haben.»

«Nein. Sollte man meinen, stimmt, aber nein. Wurden alle befragt. Und sie alle würden schwören, dass sie vor ihr durch sind.»

«Na gut, aber ein Vergleich kommt keinesfalls infrage. Können wir uns nicht leisten. Das wäre ja praktisch ein Schuldeingeständnis. Als würden wir zugeben, dass wirklich was passiert ist.»

«Ganz Ihrer Meinung. Und wir haben ihr ja was angeboten. Eine Geste. Eine ziemlich große sogar. Kostenlose Transporte. Für sie und neun weitere Personen. Freunde und Verwandte. Lebenslängliches Gratisabo für alle.»

«Das ist doch wirklich ausgesprochen großzügig. Ich hoffe, sie weiß auch zu schätzen, was das wert ist. In Geld umgerechnet, meine ich. Wie hat sie das denn aufgenommen?»

«Na ja, ein bisschen komisch, ehrlich gesagt. Moment, steht hier irgendwo … Ah, genau, sie wollte wissen, wie lange für uns lebenslänglich ist.»

—

[Sie kniet auf allen vieren im Wohnzimmer und nimmt den Apparat mit einem Schraubenzieher auseinander. Stemmt die Frontblende heraus und leuchtet mit der Taschenlampe hinein,

ehe sie sich weiter vorarbeitet. Sie zerrt das Innenleben hervor. Die Kargheit des Dings überrascht sie. Von außen sieht es so durchdesignt und solide aus, aber innen drin sind bloß Kabel und Plastik. Ein paar einfache Platinen. Dünne vergoldete Kontakte. Nichts, was nach komplizierter Technik aussieht. Sie macht Fotos, lässt sie zweifach ausdrucken, geht mit einem Satz Bilder und ihrer Story zu einer Zeitung. Dort hört man ihr aufmerksam zu. Schreibt alles mit. Sagt, man würde sich bei ihr melden, sobald man weitere Nachforschungen angestellt habe, und man brauche noch mehr von ihr: Details über die Kindheit ihrer Tochter, Familienfotos.]

—

«Na ja, Mrs Mulligan, genau genommen sind die Apparate immer noch Eigentum der Firma, auch wenn sie in einer Privatwohnung installiert wurden. Daran rumzuschrauben, ist verboten. Und als die Zeitung uns ihre Fotos geschickt hat, also, da *mussten* wir –»

«Wo ist meine Tochter? Wo ist Anji?»

«Steht ja ausdrücklich im Kaufvertrag. Sehen Sie, hier sind die Formulare. Sie haben unterschrieben, dass …»

«War sie noch am Leben, als ihr sie gefunden habt? Hatte sie Schmerzen?»

«Was Sie da getan haben, kann nicht nur ein empfindliches Bußgeld nach sich ziehen, sondern ist obendrein extrem gefährlich. Für Sie selbst, aber auch fürs ganze Netzw–»

«Was habt ihr mit ihr gemacht?»

«Verstehen Sie doch, wir haben Milliarden User auf der ganzen Welt. Buchstäblich *Milliarden* –»

«Wurde sie woanders hingeschickt? Irgendwohin, wo sie jetzt nicht mehr wegkommt?»

«Statistisch gesehen ist das Netzwerk eindeutig die sicherste Art des Reisens. Man muss sich ja nur mal die Zahlen –»

«Wie viele Vermisste gab es bisher?»

«Das System ist stabil, sehr stabil sogar, aber nur, solange niemand eingreift. Und wir fürchten, was Sie da getan –»

«War sie allein unter Fremden? Habt ihr sie getröstet?»

«Da Ihr Gerät aber ja schon ein deutlich älteres Modell war, sind wir gern bereit, es durch ein neueres zu ersetzen. Auf unsere Kosten, versteht sich –»

«Hat sie mitbekommen, was mit ihr passiert ist?»

«Und wenn wir landesweit auf unser neues, drahtloses System umstellen, werden wir Ihnen selbstverständlich auch das nötige Upgrade –»

«Hat sie nach mir gerufen? Meine Anji? Hat sie geschrien?»

«Vielen Dank, Mrs Mulligan. Wir melden uns dann demnächst wieder, wegen der Lieferung und dem Anschluss –»

—

«Oh, ja, die stand da. Vorm Parlament. Jeden Tag. Bei Wind und Wetter. Mit diesem großen, schlabberigen

Pappschild. Und ja, klar hat die mir leidgetan. Ein trauriger Anblick. Ganz alleine stand sie da. War ja sonst kein Mensch auf der Straße. Und selbst wenn jemand sie vom Fenster aus gesehen hat, wenn irgendwer so weit gucken konnte, hat er sie ignoriert. Alle haben sie ignoriert. Bloß ich nicht. Ich hab mich einfach zu ihr gestellt. Also nur eine Weile, klar. Aus Solidarität eben. Kam mir irgendwie richtig vor. Und ich war ja ganz ihrer Meinung. Ehrlich. Also so allgemein. Mir war das ja nie richtig geheuer. Irgendwie suspekt. Als würde da irgendwas vertuscht, sozusagen. Und nicht bloß das mit ihrer Kleinen, nein, nein. Ich denke da noch an viel mehr. Wie viele sind wohl schon verschollen, ohne dass wir's je erfahren haben, hm? Ich mein, die *behaupten* zwar, das wäre viel sicherer als die Transportmittel von früher, aber was sollen sie auch sonst sagen? Und ich denke auch nicht bloß an unser Land. Was wird denn woanders erst los sein? In ärmeren Ländern? Das ist doch hundertpro eine Verschwörung von der Regierung. Nur halt international. So eine, ähm, ‹ethnische Säuberung›, quasi. So nennt man das doch, oder? Da wirst du spielend eine Menge Leute los. Kriegst die Überbevölkerung in den Griff. Mit einem Schlag gleich ein paar Hunderttausend, einfach so futsch. Ruckzuck. Das hab ich ihr dann auch erklärt. Meine Theorie. Dass ich auf ihrer Seite bin, hab ich ihr gesagt. Keine Ahnung, ob die mich überhaupt gehört hat. Sie war ja meistens eher stumm. Gelassen, könnte man fast sagen. Stand einfach nur da und hat das Parlamentsgebäude angestiert. Und dieses bescheuerte Schild hochgehalten.

Und nein, ganz ehrlich, ich glaub überhaupt nicht, dass das irgendwas bringt. Das System geht zu tief. Kommt man nicht gegen an. Aber hey, trotzdem, gut, dass sie das macht. Muss man schon bewundern, diese Ausdauer. Diese Entschlossenheit.»

—

[Sie kniet im Wohnzimmer auf dem Fußboden, eine große Schere in der Hand. Rings um sie liegen ausgebleichte Zeitungen und aufgeschlagene Zeitschriften. Sie schneidet Berichte, Artikel und Fotos aus, legt die Schnipsel in eine Schuhschachtel. Die Texte liest sie nicht. An den Fotos bleibt sie eine Weile hängen: daran, wie sie die Wirklichkeit von etwas behaupten, das es gar nicht mehr gibt. Der Fernseher läuft, die Lautstärke herabgedreht zu einem dünnen Winseln. Eine Expertenrunde sitzt vor Studiopublikum auf einem schummerig beleuchteten Set.]

«… allerdings, wenn eine Person mal eben so zu existieren aufhört … so richtig ganz und gar weg ist … Woher wollen wir dann wissen, dass sie je wirklich da war? Wie ließe sich das beweisen?»

«Oder: Wenn sie sich wirklich in Partikel verwandelt hat, diese Partikel aber weiterexistieren, kann man dann überhaupt sagen, sie sei *wirklich weg*? Andererseits: Auf welcher Grundlage könnte man diese Partikel noch als die Person ansehen?»

«Soll also heißen, sie ist nicht im eigentlichen Sinne

‹weg›, sondern hat nur die Form geändert? Ist zu etwas anderem geworden?»

«Exakt. Und das sogenannte ‹Leben›, das wir kannten, wäre dann quasi nur *ein* Aspekt ihrer Existenz. Ja, vielleicht sogar nicht einmal ‹ihrer› Existenz!»

«Insofern sie sozusagen nur die Fortsetzung der Existenz einer anderen Person war? Oder sogar eines anderen *Dings*?»

«Genau, und jetzt hat ‹sie› sich weiterentwickelt, eine neue Existenzebene erreicht. Man neigt eben immer dazu, die Dinge nur aus unserer begrenzten Perspektive wahrzunehmen, nicht aus der Perspektive der elementaren Materie.»

«Aber wenn das, was wir Existenz, was wir ‹Leben› *nennen*, also alles jenseits der schnöden Materie, wenn das unsere Existenz *ist* – oder in Ermangelung eines besseren Begriffs auch das ‹Leben› –, dann könnte man doch, unter diesen Voraussetzungen, durchaus behaupten, dass sie aufgehört hat zu –»

«Ah, aber von ‹schnöde› kann ja keine Rede sein! Wir sollten aufpassen, dass wir uns mit unseren menschlichen Befindlichkeiten nicht den Weg zu tieferer Wahrheit verbauen. Mit welchem Recht sollte man schließlich den einen Zustand, die eine Seinsweise für wertvoller als alle anderen halten? Behaupten, A sei Leben, B hingegen nicht?»

«Und dennoch reden hier ja *wir*. Das sind *unsere* Worte, *unsere* Kommunikationsweisen, und kraft unseres schöpferischen Umgangs damit erwerben wir uns auch das

Recht, ihre Bedeutung festzulegen – sofern sie überhaupt etwas bedeuten. Wenn *wir* also sagen wollen, dass –»

«Moment, dann soll das alles nur eine Frage der Semantik sein? Das ganze Argument bloß an der läppischen Bedeutung von *Wörtern* hängen? An unserer empirischen Erkenntnis statt an der radikalen? Daran, was wir einem Haufen Buchstaben zuschreiben dürfen? Einem Geräusch? Einem Blickwinkel? Einer *Meinung*?»

«Nein, ich bin nur überzeugt, dass Wahrheitsfragen *per definitionem* kommunizierbar sein müssen, und wenn man die Kommunikation verzerrt, indem man sie aus dem Bereich unserer möglichen Erfahrung verschiebt, wenn man also die Wirklichkeit des Behaupteten nicht mehr kommunizieren kann … Ja, was will man dann überhaupt noch erreichen mit seinem –?»

[Sie blickt auf den Bildschirm. Ausdruckslos und ungerührt sieht sie zu. Ihre Wangen fühlen sich schwer an. Vom langsamen Pochen ihres Herzens zuckt ihr der Hals. Sie schaltet den Fernseher aus. Mit zitternden Fingern nimmt sie die Batterien aus der Fernbedienung. Als nähme sie das Magazin aus einer Waffe. Das nutzlose Gerät legt sie in den Schrank unter der Spüle, die Batterien in die Besteckschublade.]

—

«Ich hab schon Mitleid mit ihr. Echt. Ich weiß genau, wie sie sich fühlt, auch wenn das bei mir natürlich nicht dasselbe war. Ich hab mal meine Uhr verloren. Die war von meiner Großmutter. Auf ihrem Totenbett hatte sie mir die gegeben. Aus Gold. Ein Unikat. Mein einziges Erinnerungsstück an sie. Tag und Nacht hab ich die getragen, dann kam ich aus dem Urlaub, und sie war weg. Irgendwie nicht mitgeschickt worden. Kommt vor. Wochenlang hab ich geheult, aber letztlich musste ich halt akzeptieren, dass ich die nie wiederkriege und man da eben nichts tun konnte.»

«Hm, traurig, klar, aber kein Grund aufzugeben. Irgendwas kann man doch immer tun. Ich persönlich finde ja, man sollte all diese Maschinen einfach rausreißen. Alle miteinander. An den Wurzeln ausreißen und den ganzen gruseligen Kabelsalat gleich mit, der sich da durch die Welt frisst. Einfach boykottieren. Gar kein Problem. Nie wieder benutzen, dann kann auch nichts schiefgehen. Völlig ausgeschlossen.»

«Ja, kann sein. Aber du weißt doch selber, dass es dazu niemals kommen wird. Das machen die Leute nicht. Dafür ist es zu spät. Die Wurzeln reichen viel zu tief. Nicht bloß in den Boden, sondern mitten rein in die Gesellschaft. Ich denke ja genau wie du. Echt. Und ich wünschte, du hättest recht. Es gab mal eine Zeit, da brauchten wir das nicht, aber jetzt haben wir's, und weil wir es haben, brauchen wir es, und die Leute wollen nicht, dass man es ihnen wegnimmt. Würden sie nicht zulassen. Alles würde da zusammenbrechen. Die ganze Gesellschaft.»

«Würde sie das? So richtig, meine ich? Wenn man die ganze, ähm, Infrastruktur oder wie das heißt, einfach rausreißen würde? Würde dann wirklich alles an die Wand fahren? Sind wir denn wirklich zu dumm, um damit klarzukommen?»

«Ja, ich glaube schon. So leid es mir tut. Mir gefällt's ja auch nicht, aber ist jetzt halt so. Wir haben die Welt nun mal so eingerichtet, jetzt müssen wir auch darin leben. All die alten Handelsrouten liegen brach und rosten vor sich hin. Ist uns zu langweilig, darüber nachzudenken, aber so sieht's aus. Vergessen sind die. Ignoriert. Kann man nicht einfach wieder anknipsen. Nicht mal eben so. Und die ganze Welt lebt ja vom Handel, wie man uns immer wieder sagt. Auch das haben wir so eingerichtet.»

«Weißt du, was mir am meisten stinkt? Wie die über sie reden wie über einen zufälligen statistischen Fehler, eine simple Anomalie. Eins zu einer Million sagen die. Aber das stimmt so eben nicht! Eins zu einer Million? Nee, nee. Nicht für sie. Für sie ist's eins zu eins. Weißt du, was ich meine? Für sie ist es alles. Ihre Tochter war alles für sie. Und jetzt ist sie verschwunden. Weg, für immer. Wenn die Leute das doch mal verstehen würden! Wenn die doch nur mal kapieren würden, dass wir nicht bloß ein Haufen durch die Welt geisternder Zahlen sind, bei denen es nichts ausmacht, wenn hier und da eine verschüttgeht.»

—

«… Ja, eine Schlüsselbranche, ich weiß … Ja, sicher … Nein, das meine ich ja gar nicht … Selbstverständlich nicht … Wenn ich meinen Vorschlag noch mal … Nein, was ich … Nein, überhaupt nicht … Ja, jedes Transportmittel birgt eben seine Gefahren, das ist einfach so, alles im Leben birgt seine Gefahren … Doch, das stimmt, und einfach nur zu leben, ist … Das Leben ist zu … Na, wenn Sie wirklich meinen, so ein Kommentar wäre das Beste für die Allgemeinheit … Nein, wenn ich mal aussprechen … Am Ende ist's doch eine Frage der Entscheidung, ja, genau, der individuellen Entscheidung … Ja, eine echte Wahl und … Nein, eine fundierte Entscheidung … Ja, nein … Es geht um Informationen, und wenn die User … Wenn die User … Wenn die Menschen, die sich dafür entscheiden, das System zu nutzen … Ja, natürlich benutzen es alle, darum geht's ja grade … Doch, ich glaube schon, dass sie die Wahl haben … Dass wir alle … Ja, auch in ärmeren Ländern … Doch, trotzdem … Nein, wenn ich mal aussprechen … Wenn man sie über die Gefahren informiert … Nein, keine Warnung, eine Information … Na ja, das ist doch wohl eine Frage der Bildung … Ja, und die inhärenten Gefahren … Die inhärenten Gefahren … Die Gefahren, die mit der Nutzung einhergehen … Nein, das ist keine Angstmacherei … Die Wahrheit ist doch, dass Verluste an Menschenleben … Nein, die Wahrheit ist … Die Wahrheit ist … Genau, das ist die Wahrheit … Und wenn man das klarmachen würde … Ja, eine fundierte Entscheidung … Genau das meine ich ja grade … Und darum schlage ich eben vor …»

—

[Sie hat alles abgeschaltet, all die vielen Geräte bei ihr zu Hause. Die Steckdosen hat sie ausgeknipst, alle Stecker abgezogen, und nun sitzt sie in der Stille, komplett offline. Und in dieser Stille wirkt das Brummen des brandneuen Geräts im Haus nur umso lauter. Dieses Modell hat keinen Netzschalter, keine zugänglichen Kabel. Es ist in die Wand eingelassen. Nie aus. Immer aktiv. Und sie sitzt daneben. Lehnt sich daran und lauscht auf das Brummen. Und fragt sich, was da vielleicht nach wie vor immer im Kreis durchs Netzwerk jagt: Was durch einen zweiten verrückten Zufall vielleicht wieder herauskommen könnte. Solange dieses Ding noch brummt. Solange es mit Strom versorgt ist.]

—

«Okay, nächster Tagesordnungspunkt, die Abschaltung des alten Leitungssystems. Worüber reden wir da? Monate? Jahre? ... Gut, das klingt machbar, sofern die Masten alle stehen ... Na ja, wir müssen halt sichergehen, dass alle vollständig umgestellt haben ... Nein, wirklich alle, meine ich. Niemand soll außen vor bleiben. Keine Menschenseele ... Ja klar, aber wenn wir uns diese Mühe nicht machen, wenn wir das nicht versprechen, wird es garantiert Beschwerden geben ... Natürlich, und ein offenes System wird bevorzugt ... Genau, im Gegensatz zu einer Schleife ... War von Anfang an so geplant ... Nein, ich glaube nicht, dass es schlau wäre, die beiden allzu lang parallel laufen zu lassen, das könnte früher oder später zu Komplikationen führen ... Am besten machen wir zügig weiter, und wenn wir … Ja, und wie kommen wir mit den Travelsuits voran, mit den Trackingsystemen? … Gibt's schon eine komplette Designpalette? Jung und alt? Sie und er? Mini und Maxi? … Nein, ich hab bislang nur ein paar erste Skizzen gesehen … Doch, die waren nett … Also, soweit ich sehen konnte … Ja, stimmt. Ich glaube auch, das könnte für sich genommen schon ein profitables Segment werden. Genau das wollen die Leute ja. Beziehungsweise: *Werden* sie wollen … Alles klar, dann mal ran an den Speck. Und holt ein paar bekannte Namen an Bord. Bestimmt kein Problem … Ah, und was ist eigentlich aus, ähm, dieser Mulligan geworden? … Nee, den Bericht hab ich noch nicht komplett gelesen, keine Zeit. Irgendwas mit einem Stromausfall, oder? Kann so was wirklich passieren? … Also da brauch ich schon mehr als 'ne Vermutung … Genau … Aha … Im Grunde wisst ihr's also auch nicht … Okay, dann sagen Sie das doch … Gut … Aber ein Stromausfall? Ich mein, mal ehrlich, mir kommt das ganz schön lahm vor … Gut, okay, wenn Sie das grundsätzlich für möglich halten … Aber warum hat daran noch nie jemand gedacht? Klingt doch ziemlich banal … Moment, nach der Sendung, aber noch vor der Ankunft? Da kann's doch nur um Nanosekunden gehen, oder? Lichtgeschwindigkeit quasi. Und Sie wollen doch wohl nicht behaupten … Okay, gut, wenn Sie sagen, das geht … Ja, selbstverständlich. Aber egal, wie unwahrscheinlich das ist, wir müssen trotzdem … Hören Sie mal, wenn ich sage, das ist ein Problem, dann ist es auch eins. Und so was darf gefälligst nicht mehr passieren, klar? Wenn es also nur die winzigste Chance gibt, dass … Also wenn das die größte Sorge ist, dann stellt doch einfach auf interne Stromversorgung um. Eine Batterie, ein Kondensator oder so was, sobald die Route eingestellt ist … Klar könnte das funktionieren! Wenn's dabei nur um Nanosekunden geht, dann brauchen wir ja auch nur Nanosekunden … Klar, dafür bin ich ja da. Setzt euch da sofort dran … Ja, ich will Entwürfe sehen, Skizzen … Und was ist mit der Mulligan, macht die noch Ärger? … Ach, und wieso nicht? … Gab's einen Vergleich, war sie einverstanden? … Ah, okay, verstehe … Ach kommen Sie, das ist doch nicht Ihr Ernst, oder? … Ernsthaft? … Wirklich? … Aha … Hm … Das hab ich nicht … Ja, wahrscheinlich … Behaltet sie trotzdem im Auge. Dass ihr mir die bloß nicht vergesst … Nein, ich mein bloß, stille Wasser und so. Wenn die Rabatz machen, dann weiß man wenigstens, dass … Ja klar. Wer weiß, was die ausheckt … Na ja, halten Sie mich auf dem Laufenden … Okay, gut … Sehr gut … Sonst noch was? …»

10.
EIN FREIER WEG

«Und dann war ich auf einmal draußen, spazieren. Einfach nur der Nase nach. Mitten in den Bambushain. Ich wollte nicht zu weit weg vom Haus. Es war kalt. Ich hatte kein Nachthemd an und dachte, der Bambus würde mir ein bisschen Schutz bieten. Ich schaute hoch, und all die hohen, schwankenden Linien streckten sich direkt in den Himmel. Zeigten genau auf ihn. Und der Himmel war bedeckt. Dann bin ich plötzlich raufgesaust. Entlang der Linien. In diesen Himmel. Ohne dass ich das wollte. Irgendwas hat mich einfach gezogen. Hat mich aus dem Schutz des Bambushains gepflückt und in die Luft gesaugt. Irgendwas stimmte da nicht. Ich hatte ja gar keinen Transfer bestellt. Hatte nicht mal die nötigen Klamotten an. Gar nichts hatte ich an. Und trotzdem bin ich mit Karacho durch Wolken gedüst. War selber so eine Art Nebel. Die Wolken klammerten sich an mich. Wollten mich festhalten. Mich mir entreißen. Aber ich war zu schnell. Tausende Meilen hatte ich schon hinter mich gebracht. Unter mir konnte ich nichts erkennen. Es war diesig. Stockfinster. Irgendwie trüb. Trotzdem war ich mir sicher, dass da Wasser war. Irgendwo tief unter mir. Weit und breit nur Wasser. Grenzenlos. Ich hatte Angst, als Wolke könnte ich da einfach reingeworfen werden. Als Regen sozusagen. Nackt, mitten in den schwarzen Ozean, und der würde mich bis auf den Grund ziehen. Aber sogar für das Wasser war ich zu schnell. Für die ganze saugende Tiefe. Über Land wurde es allerdings schlimmer. Dort drückte mich plötzlich irgendwas runter. Ich bin nicht gefallen, sondern wurde abwärts gezwungen. Aus dem Himmel gedrängt. Und unten auf der Erde waren ganz viele rote Punkte, wie winzig kleine Stecknadeln. Auf einen davon wurde ich zugeschleudert. Ein roter aufgemalter Kreis auf staubigem Beton, neben ein paar Müllcontainern. Ein Gewerbegebiet. Die Gebäude wurden blitzschnell größer, schon erkannte ich Einzelheiten an den Müllcontainern, an den hohen Drahtzäunen und an den stummen Maschinen. Nur der rote Punkt wuchs nicht, der blieb unbewegt an Ort und Stelle. Glänzte. Was immer mich da aus dem Himmel warf, zielte mitten in den Kreis. Es war, wie vom Zehnmeterbrett in einen Eimer zu springen. Ganz schön weh hat das getan! Richtig übel, der Aufschlag. Die schiere Wucht riss mir an sämtlichen Organen. Von dem Ruck wurde mir schlecht. Mir war übel, und ich konnte mich nicht rühren. Wegen des plötzlichen Gewichts, meines eigenen. Ich war wieder entwolkt. Splitterfasernackt. Ich hatte keine Ahnung, wo ich mich befand. Irgendein Firmengelände in einem fremden Land. Auf der Vorderseite der Gebäude kamen sicher gerade Leute an und gingen rein zu ihrer Sitzung.

Aber ich war noch immer auf dem Hinterhof. In meinen kleinen roten Kreis gequetscht. Es regnete. Ich weinte. Alles triefnass. Aber ich musste unbedingt schnell aus dem Kreis raus, weil jemand anderes ihn sicher gleich benutzen wollte und dann voll auf mich draufkrachen würde. Die Person würde im selben winzig kleinen Raum wie ich auftauchen und sich dabei mit mir vermischen. Ich brauchte all meine Kraft, um rauszukommen. Im Schneckentempo kroch ich. Schmerzhaft langsam. Als wollte ich mit bloßer Gedankenkraft einen fremden Körper steuern, den ich nicht mal richtig spürte. Und die ganze Zeit hatte ich Angst, jemand anderes könnte ankommen. Furchtbare Angst. Die trieb mich weiter. Aber als ich raus war, ging es mir gleich besser. Kaum war die letzte Zehe aus dem Kreis gezogen, kam ich wieder zu Kräften. Einfach so. Fühlte mich wieder real. Wie neugeboren. Nicht mal der Regen störte mich noch. Er war warm. Wie eine Dusche. Aber ich durfte nicht trödeln. Ich musste mich sputen, weil ich sonst zu spät zur Sitzung kommen würde. Gerade als ich losgehen wollte, hörte ich hinter mir ein Quietschen und Poltern. Ich drehte mich um und sah, dass einer der Müllcontainer sich bewegte. Vier kleine Jungs schoben ihn an. Rollten ihn knarrend vorwärts. Sie hatten ihn rot angemalt. Dasselbe glänzende Blutrot wie der Kreis. Und sie lachten. Kicherten vergnügt. Also rief ich: ‹Hey!› Ich war stinksauer. Spürte heiße Wut aufsteigen. Ich stand nackt in einem fremden Land im Regen, doch das machte mir nichts aus. Die Wut stieg weiter. Kam näher. Würde gleich aus mir herausplatzen. Und diese kichernden Bengel schoben den Container mitten auf den Kreis. In dem Moment war ich mir *sicher*, dass definitiv jemand anderes auf dem Weg hierher war. Dieser andere Mensch stürzte gerade nach Tausenden von Meilen Reise durch die Wolken. Wäre jeden Moment da. Und würde in den Container krachen. Sich mit ihm denselben Raum teilen müssen. Wieder rief ich: ‹Hey! Lasst das, das ist echt gefährlich. Illegal.› Aber die Jungs kicherten bloß und plapperten und glucksten vor Freude. Sie riefen zurück: ‹Ist doch nur ein Witz. Bloß ein Spaß.› Mit ihrem Lachen stachelten sie einander an. ‹Nein.› Ich trat auf sie zu. ‹Das ist kein Spaß. Da könnte jemand schlimm zu Schaden kommen. Ihr müsst den sofort wieder wegschieben.› Je näher ich kam, desto weiter wichen sie zurück. ‹Nein, nein, nein. Das stimmt gar nicht. Sie irren sich. Wir müssen gar nichts tun.› Wohlweislich hielten sie Distanz zu mir. Und immer noch kam dieser andere Mensch näher. Ein Mensch wie ich raste heran. Ich schäumte. Regentropfen verdampften auf meiner Haut. Den Jungs wurde angst und bange vor mir. Sie fürchteten meine grauenhafte Nacktheit. Ich wollte sie packen und schütteln, bis sie den Ernst der Lage einsahen. ‹Ich zeige euch an! Ihr kommt ins Gefängnis. Ja, ich kann euch sogar selber verhaften, jetzt gleich. Wie heißt ihr? Wo wohnt ihr? Raus mit der Sprache!› Sie zogen die Köpfe ein. Blickten in den Himmel hinter mir und zitterten. Denn irgendetwas raste da heran. Etwas war schon beinahe hier. Und jetzt begriffen die Jungs. Jetzt verstanden sie. Aber zu spät. Jetzt war nichts mehr zu machen. Und als das Etwas ankam, erscholl ein Reißen und Geschrei. Schrilles metallisches Geheul erfüllte die Luft. Die Jungs stürzten panisch davon. Aber ich drehte mich um. Wirbelte herum. Und sah, dass der glänzend rote Container mit einer anderen Reisenden verschmolzen war. Die Frau war darin gefangen. Von innen hämmerte sie gegen die Wände. Und der Müllcontainer bebte, wackelte, schepperte. Doch die Reisende konnte nicht raus. Sie rang um Luft, erstickt von all dem Müll der Welt. Furchtbare Angst hatte sie. Ich aber nicht. Mit einem Mal waren all die Angst und all die Wut aus mir gewichen. Ich war so ruhig, ich konnte mich nicht mal bewegen. Nur dastehen konnte ich und mit schlaff hängenden Armen gaffen. Dann rührte auch die Reisende sich nicht mehr. Sie heulte und trommelte nicht mehr. Ihre Kräfte hatten sie verlassen. Das Leben hatte sie verlassen. Und im Container war es totenstill. Dunkel und beengt. Eng und einsam fühlte sich der Tod an. Alle waren weggelaufen. Dass ich da war, juckte keinen. Niemand wusste es. Ich spielte keine Rolle mehr. Hatte nie eine gespielt. Und ich hörte den Regen auf den Deckel des Containers prasseln. Und ich hörte meinen langsamen Atem und meinen schweren Herzschlag. Aber innerlich war ich ruhig. Ja, der Tod selbst fühlte sich ausgesprochen ruhig an.»

—

Mit beiden Händen umklammerte Trisha die Kaffeetasse. Sie beugte sich darüber, blickte in die trübe Leere, ihr morgenwirres rotes Haar hing wie ein Vorhang rings darum. Jetzt entspannte sie sich ein wenig, lehnte sich zurück und strich, als sie aufblickte, das Haar aus ihrem Gesicht.

«Ist es denn … so ähnlich, irgendwie?»

Auf der anderen Seite des Tischs saß Shui-Lin, butterte schon eifrig ihren zweiten Crumpet, während sie noch am ersten kaute, und nippte zwischendurch an ihrem Kaffee. Auch ihr Haar war morgendlich wirr, stand, wo es nicht vom Kissen platt gedrückt war, nach allen Seiten kurz, schwarz und struppig ab. Auf die Frage antwortete sie nur mit einem Kopfschütteln und machte dazu mit vollem Mund ein diffus verneinendes Geräusch.

Trisha runzelte die Stirn. «Wie, überhaupt nicht?»

«Eher nicht, nein.» Shui-Lin zwang sich zu schlucken. «Nein. Man kriegt eigentlich kaum was davon mit. Höchstens wird einem ein bisschen schwindlig. Wie wenn man zu schnell aufsteht. Weißt du, was ich meine? Das Hirn braucht einen Moment, um sich an die neue Umgebung zu gewöhnen. Das ist alles. Ich mach immer die Augen zu. Das macht's ein bisschen leichter. Aber manchmal schaff ich's nicht rechtzeitig. Das geht einfach so irre schnell.»

«Und was ist mit dem Müllcontainer? Das hat mich schon ganz schön erschreckt. Macht dir das keine Angst?»

Shui-Lin stand auf, das letzte Stück Crumpet noch im Mundwinkel. Sie trug Teller und Tasse zur Spüle und versenkte sie im Seifenwasser. Dann schüttelte sie erneut den Kopf.

«Vollkommen unmöglich. Man kann eine rote Zone nicht einfach so blockieren. Würden die Satelliten merken. Und es gibt ja noch mehr Sensoren. Die würden das mitkriegen. Irgendwie registrieren. Und dann würde der Transfer abgebrochen.»

«Aber was ist ganz am Schluss? Wenn es in den allerletzten winzigen Momenten noch eine Blockade –»

Shui-Lins Gelächter unterbrach die Frage.

«Trisha! Das geht doch so schnell! In Sekundenbruchteilen. Verstehst du? Ruckzuck.» Lächelnd zuckte sie die Achseln. «Es ist völlig ausgeschlossen, dass –»

Trisha lächelte nicht. Mürrisch saß sie da und stierte wieder in die leere Kaffeetasse.

Shui-Lin trat neben sie, legte ihr sanft die Hände auf den Kopf. Und Trisha ließ den Kopf gegen Shui-Lin sinken, ließ sich halten, ließ sich streicheln.

«Entschuldige. Ich wollte nicht … Geht's wieder? Ich glaub dir schon, dass das gruslig war. Klang wirklich fies. Tut mir ehrlich leid. Aber es war trotzdem nur deine Fantasie. Das weißt du doch, oder? Nur deine alten Ängste, die dir im Schlaf zugesetzt haben.»

Trishas Augen wurden feucht. «Es hat einfach total echt gewirkt. Und mir gefällt das nicht. Dass du das machst. Jeden Tag, als wäre nichts dabei. Und ja, ich weiß, es muss sein. Schon klar. Aber ich finde es furchtbar. Ich wünschte, du müsstest das nicht. Niemand sollte das müssen. Ich wünschte –» Sie verstummte.

Shui-Lin griff ihren Faden auf.

«Du wünschtest, du könntest zurück?» Trishas Kopf

bewegte sich leicht unter ihren Händen. «Ich weiß. Schon gut.»

Plötzlich blickte Trisha mit großen Augen zu ihr auf. «Ich will nicht nach Hause. Glaub das bitte nicht. Das ist nicht der Punkt. Und … na ja, das geht ja eh nicht. Nicht mehr. Und ich bin hier glücklich. Ich will hier nicht weg. Ich meine ja bloß –»

«Ja, ich weiß. Ist schon gut.»

Eine Weile strich Shui-Lin ihr stumm durchs Haar. Dann tätschelte sie Trisha sanft, aber entschlossen den Kopf.

«Jetzt muss ich mich aber wirklich fertig machen. Du kommst doch klar, oder? Iss was. Bitte. Das tut dir sicher gut.»

Trisha nickte schwächlich, Shui-Lin eilte nach oben.

—

Die Dusche war sehr heiß. Dampf erfüllte den engen Raum hinter dem Duschvorhang. Reglos, die Augen geschlossen, stand Shui-Lin unter der Brause. Sie genoss die Hitze, spürte geradezu, wie ihr Blut von innen gegen die Haut drückte, wie all die neue Energie beinah aus ihr herausplatzte.

Da hörte sie sie Tür aufgehen. Sie spürte den Luftzug, spürte, wie der Raum um sie herum kurz etwas größer wurde; dann ein leises Klacken von Kunststoff auf Kunststoff und das Knirschen eines Dings, das die Last eines anderen Dings aufnimmt.

«Das ist jetzt nicht dein Ernst, oder?» Shui-Lin schlug die Augen auf, blinzelte unter der Brause. «Kannst du mich nicht mal eine Sekunde allein lassen?»

«Entschuldigung. Aber ich musste wirklich dringend. Und außerdem hab ich gedacht –»

Seufzend gab Shui-Lin ein wenig Seife auf die steifen Borsten ihrer Bürste. «Du denkst zu viel. Das macht es dir nicht grade leichter, scheint mir. Aber gut, erzähl. Was hast du gedacht?»

Die Stimme hinter dem Duschvorhang ließ sich nicht lange bitten.

«Ich hab nur gedacht, wie leicht es doch immer noch ist, sich an früher zu erinnern. Weißt du, was ich meine? Auch wenn das schon gut zwanzig Jahre her ist. Und ja, klar, es ist ein totales Klischee zu sagen, alles sei damals einfacher gewesen, aber es stimmt doch trotzdem, findest du nicht? Alles *war* einfacher! Mit den Leitungen und so. Viel weniger Schnickschnack. Ich erinnere mich sogar noch an die öffentlichen Kabinen. Wie man immer darauf geachtet hat, dafür ein paar Münzen in der Tasche zu haben. Ich war noch klein, aber ich seh alles genau vor mir. Glasklar. Du nicht?»

«Doch, doch.»

«Damals wusste man noch, wo man war. Man hat sein Ticket bezahlt, ist in die Kabine gestiegen, und los ging's. Solide. Verlässlich. Eine Einmalzahlung.»

«Und schweineteuer.»

«Ja, natürlich. Musste es ja sein. Aber das wusste man und fand sich damit ab. Und man musste es nicht nutzen, wenn … na ja, wenn man nicht musste. Aber heute? Wie sieht das heute aus? Wann hast du das letzte Mal auch nur ein Ticket kaufen müssen?»

«Also genau genommen haben die erst letzte Woche wieder abgebucht.»

«Ja, für dein Abo, klar. Aber das ist ja kein Ticket. Das ist nicht dasselbe.»

«Irgendwie schon. Wie eine Dauerkarte halt.»

«Aber eine endlose. Andauernd wird sie erneuert. Und du wirst nie aufhören, dafür zu bezahlen. Niemand wird das. Das geht einfach bis in alle Ewigkeit so weiter.»

Shui-Lin drehte das Wasser ab und griff beim Schritt über den hohen Wannenrand nach ihrem Handtuch.

«Also mir leuchtet nicht ganz ein, was daran jetzt so anders sein soll, Trish. Worauf willst du hinaus?»

«Na, fehlt dir das denn nicht manchmal? Nicht dauernd eingebunden zu sein? An den Rest der Welt gekettet? Wählen zu können? Die Kontrolle zu haben?»

«Ich kann alles Mögliche wählen.»

«Ja, sicher. Deinen Servicelevel vielleicht. Deine Upgrades. Deine Add-ons.»

«Genau.» Shui-Lin rubbelte sich das struppige Haar trocken. «Find ich auch gut so. Dir hat das Ticket anscheinend irgendwie Halt gegeben, aber ich finde, ich hab heutzutage viel mehr Kontrolle. Ich entscheide, wann ich den Service nutze. Und es ist ja wohl ein Service. Den ich auch wirklich nutze. Täglich. Ich kriege genau das, was ich bezahle.»

«Nein. Eben nicht. Ich meine, du *musst* ihn ja nutzen. Verstehst du? Du hast keine Wahl. Keine echte.»

«Tja, so ist das Leben. Ich muss nun mal arbeiten. Und irgendwie zur Arbeit kommen. Wie sollte das denn anders funktionieren? Wir müssen doch alle –»

Trisha warf ihr einen bösen Blick zu.

Shui-Lin hielt einen Moment inne. «Entschuldige. Ich wollte nicht ... So war das nicht gemeint, weißt du doch. Ich –» Sie nickte zur Tür. «Ich muss mich jetzt anziehen. Ich werde also aus dem Bad gehen. Meinst du, du kommst hier drin zurecht? Ein paar Minuten? Auf dich allein gestellt?»

Trisha gab keine Antwort.

—

Im Schlafzimmer stand Shui-Lin vor dem offenen Kleiderschrank.

«Upgrades, hm?»

Sie betrachtete die Auswahl. Es gab jede Menge Optionen. Sie konnte sich sehr viele leisten. Ober- und Unterteile, Schuhe und Handschuhe. Gute Designs. Stylish. Nach Belieben kombinierbar. Und kaum anders als früher. Mit jeder neuen Kollektion wurden die Details noch etwas ausgefeilter.

«Auch nicht viel anders als die Anzüge früher. Das allgemein akzeptierte Standardoutfit eben. Und wenn alle sowieso dasselbe tragen oder zumindest größtenteils, dann ...»

Sie traf ihre Wahl, eine waldgrüne Jacke und eine schwarze Hose. Natürlich war das nur die oberste Schicht.

Die Unterwäsche war immer dieselbe: ein dunkel schimmerndes, hautenges Teil, das den ganzen Körper bis zum Hals bedeckte. Sie schlüpfte in den Einteiler, dann zog sie den Rest darüber, verknüpfte die einzelnen Teile so mit kaum sichtbaren Kabeln, dass ihr gesamtes Outfit zu einer technischen Einheit verschmolz. Sogar die halbhohen Stiefel mussten mit dem Rest verbunden werden.

Dann zog sie eine schlanke schwarze Box aus der Jackentasche und warf einen Blick auf die Anzeige. Drei Dioden leuchteten bernsteinfarben, doch zwei andere blinkten rot über den Wörtern «Handschuhe» und «Haube». Kein Problem. Die würde sie erst überziehen, wenn sie wirklich loswollte.

Trisha kam herein und warf sich aufs Bett.

«Mir ist so langweilig.» Verstohlen beäugte sie Shui-Lin. «So *uuunglaublich* langweilig.»

«Quatsch.» Shui-Lin würdigte sie keines Blickes. Sie hievte zwei ziemlich schwere Rucksäcke aus dem Schrank, der eine mauve, der andere dunkelblau. Beide bestanden aus demselben groben Gewebe wie auch Jacke und Hose und waren mit den gleichen vergoldeten Anschlüssen und farbcodierten Minikabeln versehen. «Und glaub ja nicht, ich würde mich krank melden. Nicht deinetwegen. Heute Nachmittag ist ein wichtiges Meeting. Da wird meine Anwesenheit erwünscht.»

«Wie, nur wegen eines blöden Meetings schicken die dich einmal um die halbe Welt?»

«Wenn ich da nicht aufkreuze ... Wenn ich mir nicht mal die winzige Mühe mache, da persönlich zu erscheinen, und die Konkurrenz ist da … Weißt du, wie das rüberkommt?»

«Ja, ja, ich weiß.»

«Außerdem muss ich gar nicht ‹um die halbe Welt›.» Shui-Lin schnaubte, rieb sich die Nase und packte den dunkelblauen Rucksack wieder in den Schrank. «Nicht mal ein Viertel. Aber die Entfernung spielt eh keine Rolle. Dauert ja gleich lang. Das Blitz-Prinzip und so, weißt du doch.» Sie öffnete eine Seitentasche des mauvefarbenen Rucksacks und blickte auf die Anzeige darin.

Trish reckte den Hals. «Ist der Akku auch voll aufgeladen? Bitte sag Ja. Was, wenn dir plötzlich der Strom ausgeht?»

«Reicht noch dicke, keine Sorge. Und ich brauch ja eh nicht viel Saft. Nicht mehr.»

Trisha drehte sich auf den Rücken. Stierte an die Decke. Lauschte auf den Regen, der aufs Dach prasselte. «Versteh ich nicht. Das muss doch massig Strom fressen.»

«Nein, eigentlich nicht. Nicht mehr.» Shui-Lin klang abwesend. Sie suchte etwas in den Nachttischschubladen und unter dem Bett. «Die … Codierung ist jetzt anders. Anderer Scan. Stellt sich auf dich ein. Benutzt, ähm … gespeicherte Daten. Plottet Mikroveränderungen mit, Schwankungen und so. Dann muss das System nur noch –» Sie stand auf. «Ach, ich kapier's ja auch nicht richtig. Aber es funktioniert. Das ist ja letztlich wohl das –» Sie kniff die Augen zusammen. «Hast du meinen Stift gesehen?»

Trisha setzte sich auf, streckte sich auf ihre Bettseite

und kramte auf dem Nachttisch. Einen Stift in der Hand drehte sie sich wieder um. Er war glatt und weiß, ein seltsam ergonomisches Design mit einer Delle in der Mitte und einem dicken Ende. Fast konnte man ihn für Plastikbesteck halten.

Shui-Lin nahm ihn ihr ab.

«Hast du den etwa benutzt?»

«Nein.»

«Trisha, die sind schweineteuer.»

«Na und?»

«Und …» Shui-Lin packte den Stift in den Rucksack. «Wir haben jede Menge andere Stifte im Haus.»

Gereizt ließ Trisha sich zurück aufs Bett plumpsen.

«Ja klar, vergiss bloß nicht deinen optimierten Stift, dein optimiertes Notizbuch, den optimierten Taschenrechner und die optimierte Brotdose. Hol dir alle Accessoires, sammle das gesamte Set! Könnte ja Gott weiß was passieren, wenn du unterwegs was in der Tasche hättest, das nicht unmittelbar von unseren weisen und gnädigen Herren und Meistern produziert und verkauft wurde.»

Shui-Lin ignorierte sie und trat ans Fenster, blickte hinaus in den Regen. Erneut zog sie den schlanken schwarzen Kasten aus der Tasche und drehte ein genopptes Rädchen, scrollte durch die Liste gespeicherter Ziele.

Auf einmal klang die Stimme hinter ihr ganz zart.

«Du, Shui-Lin?»

«Was?»

«Fehlt dir nicht manchmal dein langes Haar?»

Shui-Lin gab keine Antwort. Regenwasser strömte als

langer, zerrissener Schleier aus der Rinne. Weit hinten über dem Wald sah man ein kleines Fleckchen blauen Himmel.

«Ich fand die langen Haare besser. Die waren irgendwie … mehr du.»

«Du weißt doch, weshalb ich sie kurz trage.»

«Ja. Aber deine Wimpern schauen doch wohl auch mal aus der Haube raus, und die werden ja auch nicht abgeschnitten. Glaubst du echt, das wär bei deinen Haaren anders? Wirklich?»

«Keine Ahnung. Ich glaub, das ist eh nicht der Hauptgrund. Es ist halt einfach … praktischer.»

«Aber fehlt dir das nicht?»

«Heutzutage haben alle kurze Haare.» Sie zuckte die Achseln. «Was soll's. Ist eben einfacher so.»

«Shui-Lin?»

«Ja?»

«Nimmst du mir übel, dass ich hier bin?»

«Nein.»

«Ich nämlich schon. Jeden Tag. Wenn du weg bist. Ich fühl mich schuldig.»

«Ich weiß. Ist schon okay.»

«Weil ich nichts beitrage. Also finanziell.»

«Brauchst du doch nicht. Ich verdiene mehr als genug.»

«Und es tut mir leid. Dass ich manchmal so quengelig bin. Ehrlich.»

«Ist schon gut.»

«Ich hab einfach nur Angst.»

«Schon gut. Versteh ich doch. Dein Traum klang wirklich ziemlich fies. Ich wollte das nicht abtun. Ich … ich hab's nur etwas eilig. Du weißt, ja wie's ist.»

Trisha schwieg.

Das Blau am Himmel breitete sich aus. Die Regenschleier wurden dünner. Shui-Lin setzte den Rucksack auf und stöpselte ihn mit dem Rest ihres Outfits zusammen. Ein dünnes, kaum hörbares Pfeifen ertönte, und unter der engen untersten Kleiderschicht kribbelte ihre Haut. Auf dem kleinen Display leuchtete jetzt viermal Bernstein, doch die beiden roten Lampen blinkten noch.

Shui-Lin zog sich die enge schwarze Haube über den Kopf. Sie bedeckte Mund, Ohren und Nasen wie eine Sturmmaske, nur für die Augen blieb ein Schlitz frei. Hinzu kamen zwei Handschuhe aus demselben glatten Stoff. Dann setzte sie sich auf die Bettkante. Trisha schaute weg.

Shui-Lin beugte sich vor und küsste Trishas wuscheliges, weiches rotes Haar, die Lippen eingezwängt hinter dem dunklen Stoff der Maske. Ein leises Piepen ertönte aus der grünen Jacke.

Als Shui-Lin den schwarzen Kasten aus der Tasche zog, drehte Trisha sich zu ihr um. Gemeinsam blickten sie darauf. Jetzt blinkten alle Lämpchen gleichzeitig und bernsteinfarben.

«Wie lang?»

«Fünf Minuten. Wahrscheinlich bisschen länger.»

«Fünf Minuten? Mit dem Premiumpaket?»

Shui-Lin nickte.

«Schnell ist das ja nicht grade.»

In dem schmalen Sichtschlitz kriegten Shui-Lins Augenwinkel kleine Lachfältchen.

«So was übereilt man besser nicht.»

Dann ging sie aus dem Zimmer und nach unten.

—

Draußen regnete es noch, aber nur als feiner Niesel.

Shui-Lin zog die dunkelgrüne Kapuze der Jacke über die Haube. Steif hing sie ihr über die Augen. Zwar war auch sie, genau wie der Rest der Jacke, eher nur Deko, doch immerhin hielt sie die letzten Regentropfen ab. Das Wetter spielte beim Transport keine Rolle. Shui-Lin blieb einfach lieber trocken.

Ein schmaler Bohlenpfad führte durch den Garten in den Bambushain bis auf eine kleine Lichtung, in die Shui-Lin nun trat.

Genau in der Mitte stellte sie sich auf. Blickte hoch, entlang der Bambusrohre. Die Stangen schwankten sachte, zeigten alle miteinander hoch in einen kleinen Himmelskreis.

Die bernsteinfarben blinkenden Lämpchen auf dem Display des schwarzen Kastens leuchteten jetzt allesamt gleichmäßig grün. Erneut piepste der Kasten.

Shui-Lin holte tief Luft. Dann schloss sie die Augen – und wartete.

11. FERNER, HIN

Von da aus, wo die beiden Männer saßen, hoch oben am Hang des Blausteinbergs, wirkte die Wüstenebene flach und leer. Sie sah aus, als würde sie sich bis zum fernen Horizont erstrecken, als gäbe es im ganzen Rest der Welt nichts außer dieser Fläche. Nur dass sich, wenn die beiden etwas angestrengter durch den Dunst spähten, das, was sie erst für eine lange, flache Krümmung gehalten hatten, ganz schwach als zerklüfteter grauer Bergkamm entpuppte, wo der Gebirgsring sich wieder erhob.

Ein richtiges Lager hatten sie nicht aufgeschlagen, machten bloß eine Verschnaufpause. Sie hatten die schweren Rucksäcke abgelegt und Klappstühle ausgepackt. Aus einem Kühlfach im Rucksack zog einer der Männer zwei Flaschen Bier. Er machte sie auf, ließ die Kronkorken in den blaugrauen Staub fallen und reichte seinem Gefährten eine Pulle.

Zufrieden lehnten sie sich zurück und ließen den Blick über die Ebene schweifen. Viel zu sehen gab es nicht, abgesehen von der Weite jenes leeren Luftraums, der die Wüste platt drückte. Viel zu hören gab es auch nicht, außer dem ewigen Zirpen und Summen von Insekten und ab und zu dem Rascheln einer wuselnden Eidechse. Hin und wieder machten sie jedoch auch schwache, dünne Stimmen aus, die mit der Brise aus der Wüste stiegen. Wie von Arbeitern, die durch Flüstertüten riefen. Die Worte waren nicht verständlich, die Entfernung wohl zu groß, weswegen das Signal der Stimmen bruchstückhaft, vom Wind zerrissen ankam.

Das Licht, das sie in diesem Moment sahen, war nicht gerade eindrucksvoll. Bloß ein Schimmer unten auf der Ebene. Ein schlichter heller Fleck, der sich – erst langsam, dann zunehmend schneller – in die drückende Luft erhob, vorbei am zerklüfteten Horizont und weiter hinauf ins strahlende Blau. Natürlich hatten sie es mittlerweile auch gehört: erst das dumpfe Grollen gewaltiger Schubdüsen, das von der Ebene herauftoste, dann ein ungeheures Ratschen, als risse irgendwer den Himmel selbst entzwei – nicht schnell zwar, aber unnachgiebig, fest entschlossen. Entlang des Risses bildete sich eine lange graue Naht aus Dampf.

Sie sahen auch die Staubwolke, die sich rund um den Startplatz aufbauschte, und wenig später spürten sie eine weiche Welle warmer, feuchter Luft, die von unten über sie hinwegwogte und einen vage metallischen Geruch herauftrug, einen Eisenhauch, der sich in ihren Rachen festbiss.

Die beiden Männer nippten an ihren Flaschen. Einer nickte begeistert drauflos.

«Junge, Junge! Wow! Das ist doch mal was, oder, Jake?

Findest du nicht? Wahnsinn, das mal so zu sehen. Diese Power. Diese Kraft. Krieg schon weiche Knie, wenn ich nur dran denke.»

«Auf jeden Fall, Pete.» Auch der andere nickte, wenngleich langsamer. «Macht einen schon auch irgendwie stolz, oder? Wie weit wir's gebracht haben. Wie viel immer noch vor uns liegt.»

«Und wie!» Pete trank einen Schluck, dann zeigte er mit dem Flaschenhals auf die Rakete, die kaum noch mehr war als ein kleiner weißer Punkt, der seine Bahn durchs Blau zog. «Und dass die da noch 'nen Satelliten hochschaffen, also, ich find das schlau. Klar, manche Leute meinen, das braucht's nicht mehr. Wär Verschwendung oder so. Aber ich denk mir, besser zu viel als zu wenig, oder? Macht doch alles viel genauer. Stell dir mal vor, wenn der ganze Himmel damit voll wär! Wie so 'n riesengroßes Netz. Das wär doch der Hammer. Und viel besser für alle.»

«Keine Ahnung, ob das geht, Pete. Aber ja, ich weiß, was du meinst.»

Sie blickten eine Weile in den Himmel. In der Luft hing noch ein leises Grummeln wie von einem abziehenden Gewitter.

Pete kniff ein Auge zu, streckte die Flasche vor sich aus, den Boden über der Mitte der Ebene, und machte: «Pschiuuuu!» Langsam hob die Flasche ab, beschrieb einen sanften Bogen zu Petes Lippen und wurde dort fachmännisch gekippt.

Jake grinste. «Die hat übrigens gar keinen Satelliten an

Bord. Die fliegt noch weiter. Den ganzen langen Weg zum Mond.»

«Boah! Echt? Woher weißt du das?»

Jake zuckte die Achseln. «Ach, man hört halt so einiges. Weißt schon. Die Leute reden.»

«Ah, okay. Klar.» Mit zusammengekniffenen Augen spähte Pete in den Himmel. Die Rakete konnte er erkennen, den Mond allerdings nicht. «Keine Ahnung, was die von dem alten Felsklops überhaupt noch wollen. Auf dem Mond gibt's doch bloß 'n paar Fußstapfen und ausgebleichte Flaggen.»

«Ja, *auf* dem Mond. Auf der Oberfläche. Aber *darunter*!» Jake grinste. «Reich ist der, der Mond. Wusstest du gar nicht? So viele Mineralien, wie man sich nur wünschen kann, schweben da oben direkt über unsern Köpfen. Und kein bisschen Heckmeck mit dem Abbau. Keine Enteignungen. Keine sture Oma, die sich auf ihrer briefmarkengroßen Scholle querstellt.»

Pete nickte. «Wow, so reich, ja? Kannste mal sehen.» Er nickte noch ein wenig weiter, dann hielt er sich die Flasche vor ein Auge und betrachtete die fliegende Rakete durch die runden Glaswände. Nur das Glimmen der Triebwerke erkannte er gerade noch so durch das braune Glas, und auch das nur, wenn er richtig still hielt. Er ließ die Flasche sinken. «Was glaubst du, wie die den Schotter runter auf die Erde bringen? Muss doch tierisch schwer sein? Und sauteuer obendrein. Wär das nicht tausendmal leichter, das hier unten auszubuddeln als da oben?»

«Na, mit der Rakete karren sie's mal sicher nicht runter!

Nee, nee. So 'nen Transporter stellen die da oben auf. Auf dem Mond. Die da, die machen das.» Er deutete mit seiner Flasche in die ungefähre Richtung der Rakete. «Ein Riesentrumm bauen die da. Und sobald dann ein Eimer voll ist, wird er runtergeschickt. Kein großes Ding. Kostet nix extra.»

Pete kippelte auf seinem Stuhl zurück. «Junge, das ist aber wirklich ausgefuchst. Richtige Genies sind die.» Kurz huschte Zweifel über sein Gesicht. «Sag mal, woher weißt 'n du das alles, Jake? In den Nachrichten war nix darüber. Hätten die doch ganz bestimmt erzählt. Wenn das was Offizielles wär, mein ich.»

«Gemunkelt wird so was schon lange. Und solche Storys kommen nie ganz aus dem Nichts. Aber du weißt ja, wie's läuft – die müssen wenigstens versuchen, das geheim zu halten.»

«Klar, klar. Damit ihnen keiner die Idee klaut.» Pete freute sich wieder. «Aber wenn dann erst mal alles losgeht – zack! Dann rollt der Rubel. Die ganze Welt wird damit reich.» Er nickte. «Ja, doch, klingt wirklich ganz vernünftig.»

«Isses auch. Und mit den Arbeitern läuft's genauso. Weil, na ja, lang will da keiner bleiben, da oben auf dem Mond. Mit der Zeit wird man da wackelig wie Pudding. Der Körper lässt einen im Stich. Die Knochen werden matschig.»

«Oh, okay. Dann … nehmen die da Roboter oder so was?»

«Roboter? Nee. Also … ja, wahrscheinlich schon

Maschinen und so, zum Graben und alles. Aber bedienen und steuern müssen die so Typen wie du und ich.»

«Ah, dann bleiben die oben bis kurz vor Matscheknochen, und dann kommen sie wieder? Puh! Ganz schön hart. Für mich wär das ja nix. Hoffentlich gibt's dafür wenigstens ordentlich Kohle.»

«Nee, Pete. Das hab ich nicht –» Jake nahm seine Mütze ab, rieb sich mit dem Handballen die Stirn. «Schichtweise werden die raufgeschickt, verstehst du? Mit dem Transporter. Man bleibt ein bisschen, buddelt ein bisschen, kommt zurück und erholt sich, und ein paar Wochen später, wenn man wieder bei Kräften ist, schicken die einen für die nächste Runde hoch. Aber ja, schätze, die verdienen ganz gut. Oder zumindest halbwegs anständig.»

Pete beugte sich vor und blickte hinaus über die Ebene. Kurz rollte er die Flasche zwischen den Handflächen, dann kippte er sie langsam seitwärts, sah zu, wie die Oberfläche der Flüssigkeit darin ihre Form änderte. So nah wie möglich an die Öffnung wollte er die sich langsam ausdehnende Fläche bringen, ohne dabei etwas zu verschütten. Behutsam neigte er die Flasche. Doch im schlanken Hals ging es auf einmal schnell, und ein paar Schluck schwappten in den Sand, noch ehe Pete die Flasche wieder aufrichten konnte. Viel hatte er nicht eingebüßt. Nicht tragisch. Nicht im Verhältnis dazu, wie viel noch in der Flasche war.

Pete schniefte. «Tja, trotzdem, als Erster würd ich diesen Trip nicht machen wollen. Wenn der Transporter dann mal läuft, mein ich.»

Jake nickte. «Geht mir genauso. Ist ja doch ’n ganz schönes Eck bis rauf zum Mond. Und dazwischen ist ja nicht mal Luft. Mit Mineralien meinetwegen, aber mit Leuten? Hm …»

«Die testen so was doch wohl vorher. Bevor sie die Rakete raufschicken, mein ich. Bevor die so was bauen. Da werden die das doch mal ausprobiert haben.»

«Ja, klar, haben sie. Also, so halbwegs. So gut das eben ging. Die haben einen einmal um die Welt geschickt. Von Satellit zu Satellit zu Satellit. Mussten sie alles extra einrichten. Aber dann hat er’s gemacht. So haben sie’s getestet.»

«Junge, wie so ’n Testpilot quasi? Das muss ja was gewesen sein! Dem armen Kerl hat sicher ganz schön die Birne geschwirrt.»

«Auf jeden Fall hat dem die Birne geschwirrt! Die mussten ihn ja gleich ’n Dutzend Mal rumschicken, in einem Rutsch. Damit’s genauso weit ist wie zum Mond. Und ich glaub, die hatten ziemlich Muffe, wegen dieser ganzen Kurverei. Weil, der Typ muss ja ’nen Affenzahn draufgehabt haben, drum haben die eben befürchtet, ein paar Partikel von dem könnten einfach so ins All geschleudert werden. Immerhin geht’s zum Mond dann immer nur geradeaus. Aber na ja, scheinbar hat ja alles funktioniert.»

«Und wie lange war der unterwegs, so insgesamt?»

«Keine Ahnung.» Jake zuckte die Achseln. «Fünf Minuten oder so?»

«Hm, ist ja nicht gerade rasend schnell, oder? Ich meine,

ist ganz schön lang dafür, auf die Art um die Welt zu düsen. Dafür, dass man dabei nicht so recht man selber ist.»

«Ja, war bestimmt wegen der vielen Zwischenstationen. Das hat sicher aufgehalten. Schätze mal, zum Mond läuft's glatter.»

Erneut neigte Pete seine Flasche. Diesmal war der Pegel niedriger, und der Winkel änderte sich schneller, also gab Pete noch mehr acht, als die Flüssigkeit den Hals erreichte. Doch niedrig, wie der Pegel war, war die Flasche beim plötzlichen Schwall dort schon über die Horizontale hinaus, und ein weiterer großer Schluck war futsch, sickerte schnell in den trockenen Boden.

Pete verzog das Gesicht. Beim zweiten Versuch hatte er sicher genauso viel verschüttet wie beim ersten. Er blickte zum Himmel. Von den Triebwerken war nun nichts mehr zu sehen, nur die lange Dampfspur hing noch in der Luft.

«Meinst du, die kriegen das hin?»

«Logo. Wenn die nicht glauben würden, dass es klappt, würden sie's ja gar nicht versuchen. Schau dir doch nur mal an, was die schon alles geschafft haben.»

«Ich weiß, ich weiß.» Pete nickte. «Ich dachte nur grad so … Vielleicht sollten die besser noch 'n bisschen warten. Von wegen Nummer sicher und so.»

«Wie jetzt?»

Pete schaute auf den Boden zwischen seinen Füßen. «Na ja, ich hab halt das Gefühl, in der ganzen Geschichte der Menschheit hat immer irgendwer der Erste sein müssen, der irgendwas macht, irgendwas entdeckt, an irgendeinen schwer erreichbaren Ort reist und wieder heil nach Hause kommt. Und immer setzen die dabei so irre viel aufs Spiel. Nur, damit sie's halt als Erste machen. Und oft genug geht einer dabei drauf, bloß weil die's so eilig haben … oder weil sie sich nicht genug anstrengen oder nicht die richtige Ausrüstung haben. Und immer wenn ich von so was gehört hab, musste ich halt denken, na ja, warum haben die nicht einfach noch 'n bisschen abgewartet? Warum haben sie nicht alles erst richtig geklärt, geschaut, dass alles sicher ist, dass ihre Ausrüstung nicht urplötzlich den Geist aufgibt? Wär doch viel leichter dann. Aber irgendwie haben die's immer so eilig, und darum geht jedes Mal was schief, irgendwas, woran vorher kein Mensch gedacht hat. Drum dachte ich halt immer, wenn man bloß 'n Tick länger gewartet hätte, dann hätte man ja immer noch der Erste sein können, bloß halt 'n bisschen später. Und wer genau der Erste ist, darauf kommt's doch letztlich sowieso nicht an, oder?»

«Ach, Pete. Das ist doch Stuss. Wo bleibt denn da der Spaß, wenn man immer erst wartet, bis alles wie am Schnürchen läuft? Und was wär mit dem Weg dahin? Mit den glücklichen Zufällen? Den Fehlern? Den kleinen Hürden? Machen die das Leben nicht 'n bisschen spannender?»

«Hm. Kann sein. Weiß nicht.»

«Und was ist mit den kleinen Extras? Den schönen Überraschungen? So wie auf diesen Berg hier zu steigen und so 'ne tolle Aussicht auf diesen Raketenstart zu kriegen. Glaub kaum, dass die sonst einer hatte. Und klar, wir hätten auch absichtlich alles dransetzen können, den Start zu sehen, aber wir wussten ja nicht mal davon, vorher! Reiner Zufall war das. Ein schöner. Ohne diesen *Antrieb*, diesen Drang, ganz raufzusteigen, hätten wir das nie gesehen. Und wir hätten uns auch nicht so angestrengt, hier raufzukommen, wenn wir dafür nicht bezahlt würden. Wenn das nicht unser Job wäre. Verstehst du? Wir klettern hier rauf, damit andere nicht müssen. Wir nehmen denen die Mühe ab. Tun Gutes.»

Langsam nickend blickte Pete verkniffen in den Sand. Er führte die Flasche an den Mund, doch sie war leer. Er hielt sie gegens Licht und stierte sie an, als wäre ihre Leere nur ein Trick. Dann drehte er sie um, packte sie am Hals und schleuderte sie den Hang hinunter, wo sie gegen einen großen Felsblock krachte und in Hunderte funkelnde Stücke zersprang.

Jake tat es ihm gleich, und die beiden Männer lauschten auf das kurzlebige Echo, das von den Felsen widerhallte. Ein Weilchen verstummte das Gezirpe und Gesumme der Insekten. Alles schwieg im Nachhall der berstenden Flaschen. Dann, langsam, nach und nach, hoben das Zirpen und das Summen wieder an.

Jake stand auf und streckte sich. «So, lass mal weiter jetzt. Ich will vor Sonnenuntergang da oben sein, damit wir zügig fertig werden und nach Hause können.» Er klappte seinen Stuhl ein, um ihn im Rucksack zu verstauen, und bedeutete Pete, es ihm gleichzutun. «Und schau noch mal nach deinen Dosen.»

«Wieso das denn?»

«Na, falls was leckt, natürlich. Beim letzten Mal, als ich hier oben war, sind meinem Kompagnon die Dosen ausgelaufen. Das Plastik war im Rucksack aufgeplatzt, und als er sie rausgeholt hat, hat er überall die Farbe verteilt. Riesensauerei. Wir hatten mit der Arbeit nicht mal angefangen. Alles rot. Die ganzen Felsen haben geglänzt. Und abschrubben ist nicht drin bei dem Zeug. Haftet zu gut. Und sauteuer isses auch. Die mussten ein Spezialteam zum Putzen raufschicken. Mit dem Hochdruckreiniger haben die das Zeug vom Fels geblasen. Kostet ein Schweinegeld, die Dinger hier raufzubringen. Aber musste sein. Wer weiß, was die Satelliten aus so einem fetten, hässlichen Fleck machen würden? Ich will ja nicht behaupten, du wärst auch so 'n Trampel wie der andere Typ, aber vorhin hast du deinen Rucksack ganz schön saftig auf den Boden gepackt.»

Pflichtbewusst und vorsichtig überprüfte Pete die Dosen roter Farbe, die zu tragen er beauftragt worden war. Dann wuchtete er sich den schweren Rucksack auf den Rücken, und die beiden Männer stapften weiter Richtung Gipfel.

«Jake?»

«Hm?»

«Ähm, was ich mich frage … Wofür brauchen die eigentlich diese ganzen Mondmineralien?»

«Ach, Pete! Für all die neuen Maschinen natürlich! Die neuen Technologien, weißt du? Dafür braucht man jede Menge Rohstoffe. Und Energie.»

Die Dampfspur der Rakete löste sich auf. Die lange

Kurvenbahn war erst langsam dicker geworden, jetzt verblassten einige Teile davon in der Luft hoch über der Wüste, während andere als kleine Schäfchenwolken davontrieben.

«Aha. Die müssen also neue Maschinen auf dem Mond bauen, damit sie neue Mineralien runterschicken können, um hier unten neue Maschinen zu bauen, damit sie neue Leute auf den Mond schicken können?»

«Jetzt hast du's kapiert! Ganz genau. Das ist der Antrieb, den ich meinte. Ist noch viel zu tun, klar. Jede Menge Arbeit. Und alles Leuten wie dir und mir zuliebe. Alles für die Menschheit.»

Vorsichtig stiegen die beiden Männer über die blaugrauen Felsen. Inzwischen lag ihre Bergseite im Schatten. Darin ging es leichter voran. Hell war es noch immer. Die Rakete war nicht mehr zu sehen.

«Und außerdem, wenn das alles erst mal läuft, können die da oben bauen, was sie wollen. Komplette Städte könnte man da raufschicken, als Fertigbausatz quasi, und im Nullkommanichts hochziehen.»

Stimmen wehten aus der Ebene herauf. Bruchstücke von Stimmen. Metallische Stimmen. Stoßweise kamen ihre Rufe, die Wörter waren undeutlich. Summend und zirpend stiegen sie auf in der warmen Bergluft.

«Städte auf dem Mond, Jake? Warum sollte man das wollen?»

«Ach, weiß ich doch auch nicht, Pete. Ich sag ja nur, dass die das könnten, weißt du? Ich sag nur, dass sie das könnten.»